[日] 青木祐子 著

邢利颉 译

这个不可以报销 ⑤

森若小姐，你就准了我的报销吧

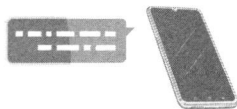

台海出版社

◇
千
本
櫻
文
库
◇

文库，原本是指收纳书物的仓库和书库，也指收纳书与记事簿，以及不常用物品的小箱子。以前者为例，京浜急行线的"金泽文库站"就是以前镰仓时代北条氏用来收藏汉书用的，"金泽文库"名字的由来便是如此。东京都的世田谷区也存在着收集着珍贵汉书的"静嘉堂文库"。后者则更多地被称为"手文库"。

江户时代以来，可以放入袖袂的小开本书籍逐渐流行起来，被称为"袖珍本"。明治三十六年（1903年），富山房发行了小开本的丛书，起名"袖珍名著文库"。随后，明治四十四年（1911年），讲述战国时代的猿飞佐助和雾隐才藏系列故事的讲谈社"立川文库"发行出版。讲谈是日本民间艺术，以口语化的方式讲述历史故事的形式。而"立川文库"则是将讲谈收录成册集中出版的丛书，据统计，当时刊行量为200册左右。从那时起，文库就脱离了原本的释意，逐渐演变成了现在的类书集丛。

文库说法借鉴了日本出版业界的传统说法。而千本樱源自日本奈良县吉野山樱花盛开的奇景，世人皆称"一目千本樱"来形容樱花美景。千本樱文库的纳入作品皆为日系作品，题材包括推理、悬疑、幻想、青春、文化等类型，正如千本樱满山盛开的绝景。

现代日本，以"文库"命名刊行的丛书系列有200种以上，所谓"文库本"只不过是统称而已。日本传统的"文库本"常用的是A6尺寸的148mm×105mm，也叫"A6判"。千本樱文库的所有书籍将在"文库本"的基础上提升，达到148mm×210mm的开本标准。追求还原的前提下，力图带给读者更清晰的阅读体验。

　　明治维新以来，日本文坛迎来了爆发期，涌现出了众多文豪级的作家。受到许多名作的影响，日本的出版社也从中受益，得到了突破性的发展。各家出版社为了传承文化、加强创新，纷纷设立了"文学新人奖"，用以发掘年轻作家。"NOVEL大奖"是1983年由集英社主办的公募文学奖，主要以同社的"Cobalt文库"以及"ORANGE文库"的读者为对象，向社会募集优秀作品。投稿作品类型不限，给予作者广阔的创作空间。

　　青木祐子2002年凭借《我的摩托车》获得第33届"NOVEL大奖"，由此走入了大众的视野。本作《这个不可以报销》是青木祐子创作的最新系列作品，全文通过财务部员工森若沙名子的日常工作内容，向读者展示了职场内部的人情百态。根据原作改编的同名电视剧，令书中的人物形象更加丰满有趣。这是一本真实而又轻松的职场小说，还请读者尽情享受。

千本樱文库编辑部

千本樱文库

《巫女馆的密室》
《圣女的毒杯》
《哲学家的密室》
《衣更月一族》

本格

《美浓牛》
《少年检阅官》
《宛如碧风吹过》

《推理要在早餐时》
《会错意的冬日》
《喜鹊的计谋》

日常

《午夜零点的灰姑娘》
《谷中复古相机店的日常之谜》

《电子脑叶》
《复写》
《蒸汽歌剧》

科幻

《巴比伦》
《里世界郊游》

《千年图书馆》
《鲁邦的女儿》
《狂乱连锁》
《神的标价》

悬疑

《恶意的兔子》
《癌症消失的陷阱》
《沉默的声音 》
《死之泉》

《戏言系列》
《忘却侦探系列》
《弹丸论破雾切》
《这个不可以报销》

轻文芸

《天久鹰央的事件病历表》
《吹响吧!上低音号》
《宝石商人理查德的谜鉴定》

目录

CONTENTS

· 森若沙名子 ·

财务部员工，28 岁，
以恰到好处的完美生活状态为目标，座右铭是"不要追兔子"。

· 山田太阳 ·

销售部的王牌，爱慕着沙名子。

· 佐佐木真夕 ·

财务部员工，沙名子的后辈，
十分热爱公司，但常因粗心大意而出错。

· 山崎柊一 ·

个人业绩万年第一的销售部真王牌，是山田太阳憧憬的对象。

· 平松由香利 ·

总务部员工，朴素但可靠的资深员工，40 岁。

· 中岛希梨香 ·

销售部策划科员工，和真夕同一批进入公司，
嘴巴很毒，非常喜欢各种小道消息。

· 田仓勇太郎 ·

财务部员工，沙名子的前辈，
性格中有神经质的一面，和高大体型并不相称。

亚力山卓是我的初恋

佐佐木真夕

"我听说，亚力山卓他啊……"

珠海在说着什么，话语中似乎提到了"亚力山卓"，但近处的音响设备正大声播放着鼓点和贝斯，加上珠海又背对着舞台，逆光之下，真夕看不清她的嘴是怎么动的。

"啊！什么？"

真夕松开衔在口中的吸管，大叫着问道。

音响中传出的并不是现场演奏声，而是不同表演场次之间的过渡音乐。今天有四支乐队联合举办演唱会，现在正处于幕间休息，再过一会儿就轮到第二支乐队上台了，女歌迷们开始在舞台前聚集。

真夕和珠海喜欢的CAROLINE乐队排在第三位出场。将前区让给登台乐队的粉丝们原本是一项不成文的规矩，但为了在即将出场的乐队表演完之后立刻冲到前排去，她们两人正死守着位于室内一角的圆桌，站定了看向舞台。

最前排有三四人，都是霸着位置不肯挪窝的少女们，其中还有几张熟面孔。她们都穿着黑色连衣裙，仿佛从入场起就打定主意要享受整场共计四支乐队的演出，十分任性。

真夕心中佩服她们的旺盛精力。

——好年轻，好厉害，我可撑不下来。

在十几岁时，她也和她们一样，不管台上唱的是不是自己喜欢的歌，都给她一种不用喝可乐就能蹦跶起来的感觉，而现如今可没那种力气了。

她已经二十有四，而且就快满二十五岁，要是玩太疯会累坏的，不利于明天的工作。

珠海也是如此，她比真夕年长两岁，大约从去年开始，她会说搭乘通宵巴士往返之后，一大早直接去上班真的很吃力。

真夕和珠海认识已经差不多五年了，两人初遇在演唱会现场，发现彼此非常合得来，后来真夕找到了工作，她俩便很快亲近了起来，互助买票，一起"远征"追演出，有时还会搞来情报共享，去见见乐队成员们，总之珠海是真夕重要的伙伴之一。

"我——是——说——"

珠海也大声回话。她剪着人偶般的黑色童花头，发丝摇曳，金色的灯光正打在上面；她右手握着手机，手机壳是红色的，就宛如她的红唇一般，在黑暗中发出淡淡的光芒。

音响中传来一阵狂暴的吉他声，调子也变了，新一轮演出即将开始。

"啊？"

听到真夕还在问，珠海似乎急了，连头发都炸开了。她喝干塑料杯里的番茄汁，然后凑到真夕耳边说道："我听说，亚力山卓他啊，喜欢吃杂煮！"

——这又是哪儿来的情报？

真夕正要问回去，舞台上却突然响起了乐队的演奏，粉丝们哭叫般的声浪冲散了她的话语声。

"咔嗒咔嗒咔嗒咔嗒……"

午后，财务室里充斥着打字声。

"森若小姐，给我看一下等会儿要发出去的表格。"

真夕正透过电脑屏幕看着考勤记录表，只听一旁的勇太郎在低声说话。

"好的，请等二十分钟。"

沙名子坐在勇太郎对面，闻言便停下了手里的活计，用同样平坦的声调回答。

勇太郎和沙名子都是天天股份有限公司的财务部员工，是真夕的同事。

田仓勇太郎已经过了三十五岁，森若沙名子则在二十五岁到三十岁之间。他们两人从入职起就一直在财务部工作，是非常优秀的员工。

除了这两位，财务部还有真夕和新发田部长，共计四人，真夕是一个半月前才被调配过来的。

现在已经十月了，"天天"总公司的财务部此刻正处在九月开始的决算期之中，勇太郎和沙名子几乎包揽了所有文件的制作工作。

真夕原本属于销售部宣传科，那里的人员出入十分频繁，也有很多需要到处奔走的工作，办公区域亦是开放的，还有些同事会专门跑过来聊天，可如今她却一整天都得憋在狭窄的财务室里，只有去银行或邮局时才能外出。对此她尚不习惯。

不，真正让她感到不适应的搞不好不是这里的生活，而是沙名子和勇太郎工作时的状态……

"十分钟行吗？"

"十五分钟应该可以。"

沙名子看都不看勇太郎就直接答道。

真是冷淡，而且她还戴着眼镜，看不清脸上的表情。

沙名子专注于工作时不会多说废话。尽管这是别人的事，但勇太郎毕竟是前辈，真夕还是很担心他会因为这种态度而心生不快，可他就和沙名子一样冷冰冰的，根本看不出他心情是好是坏。

就真夕所知，他们二人一直在这间小财务室里不停地摁着电脑的数字区键盘和电子计算器，翻着文件，默默地工作着。

她没想到财务部的气氛会如此紧绷。在宣传科的时候，她往财务部送过发票，还会顺便和一位爽朗的财务部男同事聊上几句，而他现在被调去了大阪销售点，她就是来接替他的位置的。

然而，她虽身为那位男同事的继任者，却完全没做过财务工作，所以当时沙名子和勇太郎想必很失望。

"好，那就十五分钟。"

随着"嗡——"声响起，财务室一角的打印机开始运作，那种电子设备的响动此刻听来格外清晰。

勇太郎"呼"地舒了一口气。

他轻轻地甩着双手，站起身来，似乎是要稍微休息一会儿。

"啊……田仓先生，打扰一下！"

趁着勇太郎取出马克杯，准备泡咖啡的间隙，真夕终于鼓足勇气叫住了他。

"找我？"

勇太郎仿佛这才注意到真夕也在办公室里，有些狐疑地看向她。

"我……我刚刚在检查员工考勤表……发现这个人申请了带薪休假，但却还是打卡了，到底该以哪个记录为准啊？这种情况我该怎么处理？"

"哦。"

"我觉得应该去确认一下，不管我们怎么判断，充其量也不过是猜测罢了。"

勇太郎还没拿过文件，沙名子的声音就从真夕对面传了过来。

"也可能就是申请错了吧？"

"那么，我给对方打个电话好了。"

"联系对方之前，请先去问问总务部。"沙名子说道。

真夕看看勇太郎，又看看沙名子，接着再次发问："所以……这个事……该怎么办？"

"说不定是总务部登记错了，不必特地让当事人知道考勤记录有误，也就是多打一次电话的事。"

勇太郎像是决定把这事交给沙名子处置了，随后去冰箱前冲了一杯速溶咖啡。财务室里的小冰箱是供单身人士使用的小型款，因此能在顶上放烧水壶和餐具柜，这下就足以简单地泡个茶了。

勇太郎更爱咖啡，他不放砂糖，直接在黑咖啡里加入奶粉；沙名子虽然喜欢红茶，但办公桌上也常备有药草茶的茶包，偶尔还会为了做奶茶而买来牛奶，并用黑色马克笔在包装盒上写下"森若"，放进冰箱。其实她会喝咖啡，不过似乎不喜欢速溶的，每逢加班，她就等到下班时分去便利店买咖啡回来。

——我为什么要记这些无关紧要的事呢？明明连工作内容都记不住。就是因为老想着多余的事才会犯错误的啊。

昨天看演唱会时甩头过猛，真夕现在觉得脖子酸痛。

舞台上的亚力山卓还是那么帅，真夕甚至和他对视了大约三秒的时间，期间他是边唱歌边注视着她的。

"啊……森若姐，我明白了。"

"这关系到个人信息，你还是多注意点哦，我建议不要发邮件，口头交流即可。"

一想到这下又得抱着文件盒跑到总务部去，真夕就想哭。这阵子她老是去问些傻乎乎的问题，搞得人家都笑了。总务部的平松小姐还算和气，不过她仍然觉得对方心想的是有问题最好一次性来问清楚。

真夕刚到财务部时，最早分担的活计就是核对考勤表和计算工资，今天已经是她第二次做这项工作了，之后估计每个月都会由她负责这项工作。

虽然勇太郎说这项任务内容非常单一，不过在她头一次干的时候，对不上的数据便多达三条，而且她还花了半个月的时间去计算。因为有人搬家了，提交上来的交通费报销发生了变化，再加上她又忘了把已婚人士的"配偶控除"[1]额给扣掉，要是沙名子没有复查，工资就会按她的算法发放出去。

也难怪真夕打那时起就开始对数字心存恐惧了。脖子之所以会疼可不光是演唱会造成的，还因为她每天低着头，轮番看着文件和电脑屏幕。

她在宣传科时也非常辛苦，老被上司织子提些无理的要求，但都没有现在这么吓人——毕竟在财务部，任何失误都不可能蒙混过关，也没法把责任都说成是上司乱来。

她觉得之后肯定还会遇到不懂的地方，正打算找总务部的同事一口气问个清楚。

——唉，亚力山卓啊！

1　"配偶控除"是日本的一种减税制度，即已婚者中一方申请作为"抚养人"之后，即可按照配偶——"被抚养人"的年收入水平获得相应的抵税额。——译者注

真夕一边往考勤记录本上贴黏性便笺，一边在心中默念。

——"你是天使，从来不曾坠落，但若没有飞翔，也就无谓坠落啊，宝贝！"

这些不知所谓的歌词，一旦唱起来就真像那么回事了，如果现下的处境是一场梦，那么她只想快点回宣传科去；而现状若是现实，那么她真想把工作一辞了之，还要记得用马克笔在文件盒的封面上写上大大的"混蛋"二字，然后去演唱会尽情甩头。

"OK了吗？"勇太郎低声问道。

不知不觉，十五分钟过去了。勇太郎拿着马克杯在沙名子身后徘徊。

"OK了。"

"那就把它流转到部长那里去吧。你做到哪里了？"

"销售部的试算[1]已经做完了，你要先看一下吗？"

"不用，等你全部做完我再看。"

"咔嗒咔嗒咔嗒……"真夕对此深感困惑，为何沙名子和勇太郎能够这么自信？

——那些百万、千万级的数字难道不吓人吗？我不管怎么计算都要出错，他俩就不出问题吗？他俩是那种天生不会感到不安的物种吗？莫非财务部这两张无可撼动的王牌其实是财务软件的一部分，是

---

1 "试算"是总账中所有科目的期末余额汇总。——译者注

4D投影吗？

她在宣传科时就这么想过了。

她当时的上司织子能在一瞬间就说出两份宣传文案中哪份更优秀，而看到她所设想的杂志广告草案时，织子又会迅速提出"这个不行，应该那么做"等。到底为什么能这么有自信地下断言啊！

可当她提问为何要如此这般时，对方又会回答说："就是该那么做的啊。"结果，即使她接受了这样的说法，下次却仍无法做出合格的作品。

这就说明，真夕不适合宣传工作，因此她收到调令时也认了，甚至还松了一口气。

然而，在财务部这样一个和宣传科完全不同的部门里，她又体会到了同样的挫败感，莫非是自己工作能力有所欠缺吗？

"宝贝，宝贝！"她的脑中回荡着歌声，"不能哭啊，你是飞鸟，懂得飞翔，如若不飞便徒留坠落，宝贝！"

"打扰，我要交发票！"

——哇，又来一个！

正在她发呆的当口，有人来到了财务室，她赶紧稳住自己，回头看去。

处理报销是财务部的基本工作，也是能由真夕直接做完的少数任务之一，可眼下她正在为一项复杂的事宜忙活，本就少得可怜的注意力都被来人给吸走了。她原本可是祈祷着现在千万别有人来报销。

这位带着报销单的来客是销售部策划科的中岛希梨香，也是和真夕同一批入职的同事。她穿着带领子的连衣裙，卷发披在肩头。尽管她俩是一起进公司的，但希梨香很快就适应了岗位，还能负责项目，与始终带着一股新人感的真夕截然不同。

"中岛小姐，我来处理吧，请把报销单放在这里。"

可沙名子还没把话说完，真夕就拼命叫了出来："啊，我来就好！"

她知道沙名子和勇太郎都很忙，如果自己连报销都不处理一下，可就真没有存在的必要了。

她边大声说着，边站了起来，制服马甲勾住了刚刚贴上黏性便笺的文件。

"啪啦啪啦哗——"文件盒碰翻了笔筒，文具哗啦啦地散了一桌，文件也"啪"地掉到了办公桌下。慌乱之中，她甚至差点带倒椅子，这下子动静甚至大过方才那一连串声响。勇太郎面带怒意，飞快地瞥了她一眼，而她则呆立在原地。

"我懂的。"

珠海对着大大的手持镜补妆，同时点头附和道。

演唱会已经结束，真夕一行五人来到了卡拉OK包厢，整间房间都用粉红色装修。她们没有点歌，坐在真夕和珠海对面的三人也都忙着重新补妆，边喝饮料边聊今天的演出。

　　桌上除了她们各自的化妆包，还放有饮料、薯条、鸡块沙拉和演唱会现场销售的拍立得照片。她们凑在一起，刚交换完那堆照片。

　　在座的也有相互是头一次见面的人，但在共赏时长两小时的演出之后，她们之间已经萌生了一种独特的同伴意识。

　　看完现场表演，大家肚子都饿了，外加人又多，比起去家庭餐厅，她们还是更习惯于直接找家卡拉OK坐坐。方才喧嚣的现场就宛如假象一般，此刻她们五人全都筋疲力尽地瘫在沙发上。

　　"你也懂吗？"

　　真夕不怎么化妆，现在正没事可干，就随便吃着薯条，看着珠海的红指甲，只觉得像是贴了甲片。

　　她也会去美甲沙龙，但因为长指甲不方便打字，她便不再留长了；她也想过要蓄一头飘逸长发，可考虑到每天保养实在麻烦，亦决心放弃。反正她本来就懒。

　　"你刚调职是吧？而且宣传科和财务部的工作完全不一样啊，压力太大了，我太理解了。这种时候不管是谁的演唱会都行，反正就是想去看现场演出嘛。"

　　"是啊是啊——"

　　真夕拿着一扎啤酒，靠在粉色的沙发上。

　　她对珠海说今天有一场演唱会，走野性风格的，问对方要不要去。其实登台的不是CAROLINE也无妨，反过来说，正因为自己不是登台者的粉丝，不用太专注于表演，看得倒更轻松了。

珠海和真夕一样，也是一家中小型企业的员工，所以思考方式和收入水平都差不多。珠海问真夕为什么突然约她时，真夕就不知不觉开始抱怨起工作了。

"我连零花钱都没记过账，怎么可能懂财务部的事啊？结果工作的时候脑子里就在反复播歌。"

"CAROLINE的歌吗？"

"对，'如若不飞便徒留坠落，宝贝'那首。我也想飞啊，可是再怎么努力都飞不起来，我没有做财务人员的天赋吧。"真夕说道。

她们一般不太聊工作话题，也就是今天，她一开口便停不下来了。

"大家一开始不都是这样的吗？做着做着也就学会了。你那个前辈，是叫……森姐对吧？她也没有大你很多啊。"

"是森若姐。她只比我大两岁，但给人一种特别资深的感觉，在我看来，她都和织子姐差不多了。"

"她应该和我一届呢，厚脸皮地说一句，我的后辈和客户们大概也是这么看我的。"

真夕愕然了。

她知道珠海年纪比自己大，可却一直没有那种实感，毕竟她的发型和衣着都透着一种少女气质。

珠海就职于一家小型设计公司，平时常说自己不像个设计师，倒像个打杂的，因此真夕也想象不出她还有后辈和客户。

"这样啊……小珠你和森若姐是一届的……"

听到真夕惊讶地自言自语，珠海慌忙摆起了手，解释道："不不不，你们'天天'规模虽然小，但是一家优质企业，我们公司真的很差，跟你们没得比。"

"我没自信等过两年就成长为熟练人才啊……"

真夕还在念叨着，她突然觉得珠海离她好遥远。

珠海揽过她的肩膀，嘴里还"没事没事"地哄了起来。

或许是由于看演唱会时大家都挤在一起，挤得都快缺氧了，故而通过音乐而结识的朋友总比公司里的朋友要来得更亲近。

——"你是飞鸟，懂得飞翔。来吧！张开羽翼！如若不飞便徒留坠落，宝贝！"

——我应该也能飞啊！亚力山卓都这么唱了，我相信他！希望事实能证明他唱的是实话！

"真夕、小珠，下周的演唱会结束后有庆功宴，你们来吗？"

真夕正被珠海搂着肩，吃着薯条，这时玛丽莲说话了。

她坐在真夕对面，边吃鸡块沙拉边看手机，而她边上是个真夕不认识的姑娘，之前一直和她一起看着手机聊天。

真夕和玛丽莲的交情比跟珠海的还长，但对玛丽莲的年龄、职业都一无所知，完全不了解她在做些什么，只晓得真名好像是叫麻里还是麻里子的，不过从她们相识起，对方便一直自称"玛丽莲"。今天她把一头金发松松地扎成一束，穿着黑粉两色的裙子，头上还戴着一顶皇冠。

"庆功宴？"真夕问道。

玛丽莲牵起一边嘴角，"噗"地笑了出来。

她把盛了鸡肉沙拉的碟子一放，舒舒服服地重新跷起二郎腿，探出身子说："我不是说过我加了'地狱之门'乐队成员的私号嘛，他叫我去庆功宴玩！说是很久都没在东京开过演唱会了，要庆祝一下！"

"这……"

"他还说到时候CAROLINE估计也会来的，叫我保密，因为是一起庆祝，说不定能见到亚力山卓哦！"

——嗯？！

真夕也把身子向前倾了。

玛丽莲有些神秘的人脉，认识各路乐队成员和工作人员，经常会搞来一些真假参半的情报，比如谁结婚了，谁的女朋友也来看演唱会了，哪支乐队好像要正式出道了之类的。

包括亚力山卓平时都坐一辆黄色的本田S660、最近戒了烟还有喜欢吃杂煮等说法也是玛丽莲放出来的，她好像看到相关人员在社交账号里有所提及。真夕知道亚力山卓喜欢拉面和提拉米苏，但杂煮可真是头一回听说。

"我们也能去吗？"珠海发问了。

"对方叫我带上朋友一起啊，那么小珠和真夕当然可以去。你们看，这就是证据。虽然也可能是在说醉话，但事到如今可由不得他反悔。”

玛丽莲看着手机画面，呵呵地轻笑着。

她不管做什么，都仿佛是个演技拙劣的女演员，加上她本人亦说“玛丽莲”的读音取自外语单词“Marionette”，也就是“人偶”的意思，所以真夕想过，她还不如一开始就叫“Marionette”得了。

“我们准备去呢，真夕你不想见亚力山卓吗？”坐在玛丽莲右侧的女性开口了。

她在看演唱会时狂甩着一头长发，不过现在已经把它们梳拢得妥妥帖帖。记得她确实说过自己是美容师，在座还有一个姑娘则是她的朋友。真夕今天是头一次和她俩这么亲近地交谈。

“想见！我也要去！地点呢？是工作日吗？要是太远，第二天上班就惨了。”

“周五，在池袋！”

“太棒啦！”

真夕紧握住了双手。

池袋离她家很近，第二天又是休息日，可以在庆功宴上玩个痛快，父母那边随便忽悠一下就好，如果赶不上末班车那就求哥哥开车来接她回家。

囿于预算和体力，她下决心每个月就去看一到两次演唱会，不过这次是特殊情况。

能见到亚力山卓——光是这一点就让她浑身发抖。她已不记得工作上的怨言，疲劳也烟消云散，只觉得眼前的玛丽莲是个天使。

"谢谢你啊玛丽莲，我会努力的！"

"真夕加油噢！你是白领女性的楷模呢！正好，我给你点首歌吧！"

"没问题！来唱歌！点什么都行！"

真夕也叫了起来。

玛丽莲操作着遥控器，把麦克风递给真夕。

包房里的屏幕亮了起来，开始播放"金爆"名曲《娘娘腔》[1]。身处在这间粉色房间内的五个女生放下薯条和手机，几乎同时随乐声站起，模拟着快速擦玻璃的动作，跳起了舞。

"早上好！"

"佐佐木小姐，早上好。"

次日一早，真夕急匆匆地冲进财务室，而沙名子仿佛理所当然一般已经到了，正拿着马克杯泡红茶。

——啊啊啊……

真夕已经完全服了。早上烧开水的工作本是由她俩负责的，再加上她只能做些由新人包揽的杂活，所以本想自己来烧，可今天时间太

---

1 "金爆（Golden Bomber）"是日本的视觉系乐队，使用假动作做出貌似在演奏的"假象"是其表演特色，2009年发表的《娘娘腔》是其代表曲，非常走红，歌曲中有一段舞蹈动作和"擦玻璃"很相似。——译者注

赶，结果又被沙名子提前解决了。

沙名子还是和平时一样，超然地工作着。她打开了多功能复印机，收好了各处发来的寄件，手上的指甲油也重涂过了，秀发光泽耀人，制服上没有一丝褶皱，冰箱里还有她自己做的便当，餐盒外包着米色的包裹布。她果然是个4D投影人。

"佐佐木小姐，你昨天下班的时候啊……"

真夕心头有些失落，正在冲速溶咖啡，就听到沙名子开口了。

"我昨天下班的时候做了什么吗？"

她实在不记得了，可心中还是一慌。

昨天有演唱会，所以她按时下班离开了，留下还在加班的沙名子和勇太郎。但财务部都是独立作业，因此她的做法并没有什么好责怪的；她也确实把一些工作延后了，不过应该没什么台面上的失误才对。

沙名子没有生气，表情和交代工作时并无二致。

"昨天你走的时候，电脑还开着呢，好像就剩几个网页没关。还好我没有做任何操作，只是替你关机了。你过会儿开机之后自己再检查一下有没有问题吧。"

"啊……这么说来，我原来没关电脑啊……"真夕看向自己桌上的笔记本电脑。

为了准点下班，她昨天下午卖力干活，难得赶在五点刚过的时候就完成了当天的计划，之后她快速地收拾着，却发现在离下班还有五分钟时已经无事可做，便一边假装工作，一边顺手打开了网页。

——我想好要关机的，结果没关吗……

——大概真没关，因为我不记得自己做过关机操作，好像是看网页看着看着就过了下班时间，于是慌慌张张地撤退了。

"我准备关的，但最后可能忘了，给你添麻烦了……"

"倒是不麻烦，但我建议你还是多留心点，毕竟关系到数据安全问题，幸好你已经把财务系统给关上了。"

"嗯……对不起啊……"

"下次注意就好。还有啊，上班时禁止浏览和业务无关的网页，这一点你也明白吧？稍微看看的话确实没人来管，不过要是经常打开那些和工作没关系的站点，还是会被提醒的，所以别再这么干了。那个红头发的不是什么怪人吧？"

"我知道了……抱歉……"真夕正低着头回话，却突然噎住了，"红、红头发？！"

——对了，我当时是在看亚力山卓。虽然不是他的官方网站，不过有热心的粉丝建了一个站子，上面贴满了他的照片。

沙名子满脸歉意，继续说道："不好意思啊，我本来没想登入你的系统，但勇哥说万一有东西没保存，直接关机会出乱子，所以我才点开看了看。我是和部长一起看的，把网页关了之后就关机了，没动过你的东西。如果你不放心，就把密码改了吧，勇哥也只是凡事都比较小心。"

"你们看到网页了吗？三个人一起看的吗？"

"嗯，看了一眼就立马关了。部长和勇哥都很惊讶，不过我们没有细看。"

——那不就是……看到了……点击放大后的……亚力山卓吗？

他在照片里化着浓妆，红发倒竖，戴了做成飞鸟和十字架形状的银耳钉，一身黑色的军装风格套装，对准镜头微笑。

——那张照片，被部长、勇哥和森若姐看到了吗？

昨晚大家都在财务室里加班，忙得不可开交，只有真夕在演唱会现场甩头；而此刻，她脑海中浮现出了他们三人在自己观演的同时，无言地凝视着亚力山卓的场面。

——没辙了，我已经不行了，坠落就坠落吧，我没法再飞了。不对，我已经坠地了，而且还趴在地上抽搐着动弹不得。

"他们问我这是什么，我说是一种音乐类型，应该没什么不正经的。虽然我不是粉丝，不过这位其实就和《天鹅绒金矿》《妖型乐与怒》[1]中的人物差不多吧？"

"不，是我不该这么做的，真的都是我不对，亚力山卓没有任何错！"

---

1 "《天鹅绒金矿》（*Velvet Goldmine*）"是一部于1998年在英国上映的电影，"《妖型乐与怒》（*Hedwig and the Angry Inch*）"又译作"《摇滚芭比》""《赫德韦格的愤怒乐队》"等，是一部于2001年在美国上映的电影，两者的共同点便是背景、剧情及主要人物都与摇滚乐密切相关。——译者注

"这位音乐人叫亚力山卓吗？"

"是的，亚力山卓，CAROLINE的主唱，本名新川亮司，千叶人，今年三十一岁。可是我也没办法啊，我真的很喜欢他，他是我的初恋！"

真夕几乎是把这番话挤出口的，连她本人都不知道自己在说些什么。

"原来如此啊，既然是初恋对象，那确实没办法了。"沙名子微微笑了，"没事的，大家都没注意网页的内容。决算工作到下周估计也能告一段落，勇哥正在整理客户信息，这段时间最好别去打扰他。等你做完自己的事，可以去给他搭把手。"

"好的！"真夕咬紧了嘴唇答应道。

接着，新发田部长和抱着一摞文件的勇太郎也到了。

真夕泡的速溶咖啡已经冷却，饮不知味。

"咔嗒、咔嗒、咔嗒……"

真夕在办公桌前，凝视着电脑屏幕。

她在为本月的打款数据做最终确认。尽管她已经非常小心，按说没有差错，可鉴于之前也多次出现过这种错觉，她很怕摁下确认键，还是得最后再检查一次。

即是说，她也只剩再检查一次的时间了。

今天CAROLINE会作为神秘嘉宾来参加池袋的演唱会，等结束后还要一起去庆功宴。

因此真夕今天无论如何都要按时下班，为此她已经奋斗了一周，在截止期前就完成了自己不擅长的工资计算，还把勇太郎拜托她做的静冈工厂直营店决算文件提交了。站在部门的角度上看，这只是些小事，可对她而言已是重大工程。

连续加班确实辛苦，可一想到这些都是为见亚力山卓而做的努力，她便又能坚持下去。

真夕是在十八岁念大学一年级时喜欢上亚力山卓的。

她觉得这确实是她的初恋。

其实在高中期间，她曾和文化节上认识的外校男生交往过，可即使对方说喜欢她，她也不太明白这到底是种什么感觉。他的着装风格很不起眼，去家庭餐馆吃饭时还会帮她买单，这些都让她觉得对方人不错。

可是他俩的音乐品位毫不相投，他觉得去看演唱会不是件好事，真夕也不愿再多解释，两人便分手了。

她在高一暑假期间受朋友影响开始去演唱会现场，当时撑死了也就半年看一场，也尚未遇见亚力山卓，然而打那时起她已经喜欢观演多过喜欢恋爱了。

到了大学，她有个从入学起便交往的男友，姓小野川。两人维持了三年的情侣关系，可是她始终没有那种迷恋对方的感觉。

"真夕你去广告公司不就好了吗？"

小野川是个温柔的人，就像个和蔼的老师。念大学时，真夕为了存钱看演唱会而在居酒屋打工，他向她搭话，于是两人就发展了起来。有阵子她还对就职方向感到苦恼，而男友小野川已经工作了，因此每当得到对方的建议时，她都会感到钦佩。而且他也不反感她看演唱会，还会饶有兴趣地听她喜欢的歌曲。

"真夕，你能够喜欢上视觉系乐队[1]所构筑出来的世界观，我认为这说明你是个很有创造力的人。"

听了小野川的话，尽管她觉得自己可能搞错了，但还是把广告公司列为第一志愿。她想制作出帅气的电视广告，然而每家都在进入最终面试环节之前就被淘汰了。果然光凭这点动力是没法唬住广告公司的。

而她对制造业并不感兴趣，只是很爱用天天肥皂。这家的产品确实有点土里土气的，不过她就是用不厌，就是说不上来的喜欢。

小野川帮她做了一些调查，她也学习了一些宣传方面的知识，于是在天天股份有限公司的面试过程中，她说得出公司的宣传情况和产品介绍。

如果只靠她自己一人做准备工作，那肯定不会有这么理想的成

1　"视觉系"指"Visual Rock"，简称"VR"，即视觉系摇滚，是一种摇滚乐类型，以华丽夸张的化妆造型著称，在表现音乐时融入了服饰和化妆等要素，20世纪八九十年代在日本格外兴盛，也出现了非常著名的乐队和音乐人，2000年后势头逐渐缓和。——译者注

果。或许真像小野川所说，她之所以能找到工作，真是多亏了他。

现在他们俩还在社交平台上相互关注着，他似乎没有新女友，为人依旧那么温和，会在她找他商量事情的时候给出各种建议——他很喜欢提供建议。

——为什么我都没能迷上小野川君，却对亚力山卓如痴如醉呢？

她想不通。不论怎么看，都是小野川更加温柔、更加重视她，即使时至今日，只要真夕说在工作上遇到烦恼，他大概都会亲自来为她释疑，来开解她。

亚力山卓是乐队主唱，唱功很棒，唱歌的样子也非常帅气，可若光论外表和歌喉，还有一大把主唱比他更出色。

——他唱过"我拥有翅膀""我若是天使该多好"等歌词。

CAROLINE着力营造着中世纪欧洲氛围，亚力山卓几乎包揽了所有作词工作，经常使用"鸟儿""天使""天空""大海"等词汇，也不怎么写情歌，净推出一些略有厌世情绪却不失希望的词。

她觉得亚力山卓一直都想去往某处，想要舍弃一切，离开这里——他坚信远方的世界存在一片美妙之所。

当她产生这种念头时，其实已经喜欢上他了。虽然有时也会稍微追一下自己中意的其他乐队，但最后还是会做回亚力山卓的粉丝。

她长得不美，能力不强，也没什么创意，吊儿郎当又随波逐流，看演唱会是她唯一持续多年的爱好。

个中缘由她也不太清楚，想来可能是因为演唱会能让她的心情发生变化。可就算没什么理由，喜欢就是喜欢，这就够了。

——既然亚力山卓相信，那么我也相信。为了听他唱歌、买入场票，我要努力工作！

"咔嗒、咔嗒、咔嗒、咔嗒……"

真夕对着电脑屏幕，机械性地做着核对工作，翻阅着系统页面。

今天有演唱会，结束之后还有庆功宴，保不准还能和亚力山卓说上话，所以聊些什么好呢？真夕思考过这个问题，却什么都想不出来。

——说"我是你的粉丝，我很喜欢你"就行了吧？但这话他应该听到过太多次了，也只会回复我一句谢谢。那说"你的歌词深深打动了我"呢？唉，其实我也没有特别感动啦，不过是喜欢而已，连意思都看不太懂，甚至还觉得他的用词稀奇古怪的。

——等庆功宴结束之后，如果他们再邀我们去续摊可怎么办啊？要去吗？也只能去了。之前听说他们只会约可爱的女生，于是我今天穿了裙子，接下来要把妆化得比平时更浓一些吗？等会儿在更衣室遇到希梨香的时候问问她好了。

——"真想不到你老干这些傻事"。嗯，我很有自知之明，要是我喜欢聪明的人，那就会和小野川君交往下去了。

"咔嗒、咔嗒、咔嗒、咔嗒……"

最终确认完毕。

数据已经翻阅到最后一页，真夕横下心，摁下了确认键。

她"呼"地吁出一口气。

眼下亚力山卓已经占据了她半个大脑，她反倒能把注意力集中在数字上了，甚至都无心在意和自己同处一室的沙名子及勇太郎。她还是头一次这样。

指针走到了下午五点十分，一切都顺利得可怕。

真夕"嘎吱"一声拉开抽屉，拿出最近买的簿记教材。

要是有多余的时间，她又会下意识去看不该看的网站了。现在离下班还有二十分钟，她决定关了电脑开始学习。

她先关闭财务软件，然后在关机前看了看今天用过的文件。

公共服务器上的工作区里还有两个文件夹，其中一个是真夕的，里面存了勇太郎交代要做的文件。尽管只是一项小事，可她还是花了很大工夫。勇太郎正忙着，似乎还没有查阅过。

另一个文件夹还没被命名，只显示为"新建文件夹"，八成是真夕工作中途暂存的文本。同事们曾提醒过她，在任务完成之前，最好把没通过的文件也先保存一份。

和工作无关的东西是不能放在服务器上的，于是她一做完文件就把它删了，现在怎么还留在上面呢？不过反正自己的硬盘里有一份备着，所以删掉也无所谓。

真夕删除了服务器上那个新建文件夹，随即关机。

这下子，本周的工作就结束了，她可以心无旁骛地奔赴演唱会。

临下班前，她去了一趟洗手间，回来时却发现财务室有些躁动。

勇太郎正在和沙名子说话，新发田部长也站起来了。

——平时的办公环境都安静得很，闹成这样还真少见。

真夕一边这么想着，一边打算坐回到自己的位置上去，勇太郎却对她开口了："佐佐木小姐，你把我放在服务器上的文件夹删了吗？"

真夕脑袋里"轰"的一声。

她瞬间明白自己究竟干了什么，沙名子和部长也直看向她。

这几天，决算工作已经有了眉目，勇太郎便开始处理文书类的工作，把前任负责人手中的客户情报数据都重做了一遍，使其符合财务软件的格式。

这么想来刚才确实不对头，她自己都琢磨着为什么已经删掉的东西会又出现。

原来那个文件夹是勇太郎建的——

"是……是我删的，就刚才……我把我文件夹边上的那个给删了……"真夕颤声说道。

"删了？彻底删除了吗？整个文件夹一起？"

"是的……那个文件夹没有命名……我就以为是我自己建了又忘删的……"

"你该先确认一下啊！"

"非常抱歉！"

勇太郎难得大声说话，真夕吓坏了，条件反射般地赔着不是。

"你知道服务器是我们部门共享的吧？"

"你留档了吗？没做备份吗？"沙名子问道。

"备份……我完全没做啊，不过，请稍等一下，那个文件夹说不定还能在哪里找到。"

"不行的，服务器上的东西，删了就是删了，只能从头开始重新做一遍了。"

"可是，也许还有办法……"

"别说了。"

财务室的空气冻结了。

真夕浑身都颤抖了起来，她无法想象勇太郎动了真怒之后会怎样，就连新发田部长都不吱声了。

"真夕，你去邮局把这个寄了吧，回来路上买四人份的咖啡哦。"

真夕已经停止思考，动弹不得，沙名子却凑过来对她说话。

"啊？咖啡？"

沙名子拿过一枚信封，打开抽屉，取出零钱包。

这只小小的口金包是个民俗工艺品，她在公司里买饮料时好像会用到它。只见她把信封和零钱包一起交给愣神的真夕，同时用稍快的语速说道："不管是便利店、星巴克还是麦当劳咖啡都行，记得带四人份的热咖啡回来，抱歉已经下班了还让你跑腿。"

"好……好的……还有……对不……"

勇太郎"喔！"的一声拖开了椅子，重重地坐了下去，开始移动鼠标。

"没事的，你路上慢些。"

真夕此刻是完全僵住的，沙名子看着她的眼睛，沉稳地说着话。

——想逃走，好想逃走啊。

真夕走在路上，捧着一只塑料袋，袋中装了四杯咖啡。

她这次是真的想哭，整个人都失落到快要遁入地下，一边郁卒，一边往马路对面走去。纵使想飞，她也没有翅膀，亦没人能给她建议。

——我果然不适合做财务工作，不适合在天天股份有限公司工作。不，我根本就出不了社会，现在勇哥已经讨厌我了，森若姐肯定也惊呆了。

——我还是辞职算了，这次真得辞职。先努力把今天闯的祸解决掉，下周就给部长递辞职信。对了，还要给小野川君发个短信，问问他要不要和我结婚。

她其实今天就想辞职，只是在那之前她得先把咖啡送回去。

泪水在她眼眶里打转，但她没带手帕，便用买咖啡时附带的纸巾擦拭着。看到赶往车站的行人们，她想起晚上的演唱会。明明不久前她还满心期待，而现在这一切却仿佛都已经和她毫无关系。

"呃——咖啡买回来了。"

真夕回到财务室，只见另三人都对着电脑忙活着。

新发田部长看了她一眼，勇太郎连眼睛都不抬一下，她不知如何是好，只能站在原地不动，又是沙名子走向了她。

"数据没法完全恢复，我们得四个人分工输入了，今天能加班吗？"

"好的，我干。虽然之后还有演唱会，但我已经推掉不看了。"

"演唱会？是之前你上网看的那个人开的吗？你很想去吧？他好像是叫……"

"没事啦！还是工作更重要！只不过是一场演唱会嘛！"

真夕很吃惊，她没想到沙名子居然会说这种话。

"别想太多了，谢谢你买咖啡回来，能帮个忙把勇哥的份端给他吗？"

沙名子端起咖啡，朝新发田部长走去，而真夕则怯生生地向勇太郎送上咖啡，说了句"请用"，勇太郎看都没看她，就小声答了一声"嗯"。

回到自己的办公桌后，真夕给珠海发送了LINE消息，说自己今天不去了。她也不想看对方的回复，便直接关了手机。接着她从钱包里拿出硬币，和零钱包一起放到了沙名子桌上。

她觉得这份咖啡钱应该由她来出才对——她依然总是关注这些细节，可为什么却做不好工作呢？

她在咖啡里加了牛奶和砂糖，喝了一口，发现比想象中更加温暖、醇厚，头脑都清醒了起来。她从没想过正儿八经泡出来的咖啡这么好喝，要是早知道它有这奇效，那真该早就喝起来。

打开电脑后，她收到了勇太郎用邮件发送给她的指令。

她把邮件内容打印了出来，确认自己负责的部分，心想着接下来一定要集中精神，踏实干活；而勇太郎则将手伸向纸杯，直接喝起了黑咖啡。

待真夕输入完毕时，时间已经到了晚上十点左右。

她走进黑乎乎的更衣室，"啪"地打开电灯。

勇太郎确认了全员录入的数据后，发话说剩下的等他下周完成即可，新发田部长不知为何心情很好，邀大家一起去喝一杯，而沙名子却有事。勇太郎虽然有些遗憾，但还是当场就说要回家。看到失落的部长，真夕也感到手足无措。

沙名子先去保安室归还财务室的钥匙了。

在换衣服之前，真夕打开了手机，珠海、玛丽莲和希梨香都给她发来了LINE信息。

珠海叫她加油，鼓励她说一定能完成任务，还附了一个哭泣表情，告诉她CAROLINE好像没来庆功宴玩。而玛丽莲则说演唱会太棒了，还劝她辞职拉倒，总之都是些魔鬼诱惑人心时会说的悄悄话。

还有希梨香，在LINE上说下次要和销售科的同事们一起去喝酒，如果真夕哪天有空就告诉她。其实希梨香喜欢销售科里的一位男同事，真夕觉得她虽然老是自说自话又蛮干，不过这份行动力真的很厉害。

"我下班了，庆功会怎么样啊？"

真夕回复珠海道，随后她觉得自己此刻非常渴望听到亚力山卓的声音。

在离开财务室的当口，她一边觉得自己可能会被嫌烦，一边还是向勇太郎道歉了。勇太郎的表情仍旧相当不快，不过口气已经冷静下来了："人非圣贤，孰能无过。"

"抱歉我只是个普通人。"

——"我若是鸟儿该多好呀，宝贝！我若是天使该多好呀，宝贝！这样就可以拥抱着你，飞向天堂！"

"你在说什么？你不是人是什么？"

"我总觉得大家都跟4D投影人一样……"

勇太郎瞪圆了眼睛，新发田部长"噗"地笑了，沙名子则忍俊不禁，像是吃了一惊。虽然不知道真夕这句话到底什么意思，但总之就是很好笑。

"佐佐木小姐，接下来直接把静冈的决算文件流转出去就好了。"

"可以吗？"

"没问题，你完成得比我预想的还快。"

勇太郎似乎是检查完了真夕做的文件，换作是他，大概很快就能完成这项任务吧。她心想还好自己努力把文件赶了出来。

换完衣服后，真夕正犹豫着能不能扔下沙名子自己先走，结果就在她坐到沙发上插耳机听歌时，沙名子回来了。

"真夕你还在啊？太好了，我们一起去车站吧。"

不知不觉间，沙名子已经直接叫她"真夕"，而非"佐佐木小姐"了。

"今天的工作其实没那么紧迫，下周再做也行，不过勇哥是不会允许计划延迟的，所以有时候还挺让人头疼，他太不懂得变通了。"

在去往车站的路上，沙名子难得抱怨。

真夕一边"是、是"地附和着，一边紧张了起来。

像今天这起事故，勇太郎是直接负责人，真夕是出错者，而新发田作为部长当然也负有责任，可沙名子却没有帮忙的义务，她才是整个部门里最受连累的人，今晚明明是周五之夜。

真夕只顾着自己和勇太郎，完全没有考虑到沙名子的感受。

"唉，对不起啊，森若姐。"

"你不必向我道歉，而且就我个人看来，反倒觉得过多的道歉是一种狡猾的行为，希望你以后别再这样了。"

"狡猾？"

"我的意思是，希望你不要以道歉来收尾，还是要好好工作才好。任何人都会犯错，重要的是犯错之后怎么去纠正。"

真夕无法反驳，只有点头称是。

"确实⋯⋯"

"真夕，这一点你做得很到位。你从不隐瞒错误，也不会不懂装懂。工作技巧可以逐步提升，但性格就不是那么容易改变的了。所以我觉得勇哥其实也很中意你。"

"咦？他才不中意我！肯定觉得我最差劲了！"

真夕只有在说这句话时不是有气无力的。

她由勇太郎负责带教，虽然从没被狠狠地批评过，不过她一直以为他会惊讶于自己的领悟能力居然如此之差。她大概是他至今教过的财务人员里最没用的那个了。

沙名子的表情却很认真。

"没这回事。我和勇哥的工作都太饱和了，没法好好支持你，我们很过意不去。我这阵子也打算搬家，实在没有余力，下个月应该会轻松一些。到时候估计可以更仔细点，多帮你看看工作。"

"好的，请多指教了。"

真夕赶忙点头行礼。

"森若姐，你要搬家了？"

她并不知道沙名子要搬家，就顺便问了一句。

沙名子住在老家，离公司应该也不是很远。

"下个月搬，我还没向公司申报。"

"你自己一个人住吗？"

"是的，想稍微改变一下环境。"沙名子答道。

真夕很意外。沙名子有改变环境的必要吗？不管看哪一方面，她都是个完美的员工。

"今天真可惜啊，你没能去看演唱会。票就这样浪费了，是吗？"

沙名子改变了话题，不太想多谈自己的事。

"啊——是的，不过因为没有座席，都是站看，所以票价不贵啦。而且以后还能再看的嘛。"

"是吗，那太好了，看演唱会感觉很开心呢。要不是有这种活动，你也没法忍受这么多吧？"

沙名子到底有多完美啊！真夕觉得等再过两年，自己也没法变得像她一样。织子到底在"天天"干了很多年，可沙名子只比自己大两岁而已，这简直让真夕感到绝望。

不过转念一想，虽然她俩仅有两岁之差，可沙名子一进公司就被分配去了财务部，而真夕还是个财务新手，所以没什么好畏畏缩缩的。

"森若姐，你进公司之后就一直在财务部了吗？"

真夕终于下决心问道。就算是沙名子，按说也曾有过新手时代。

"是呀。"

"那你刚进公司时也犯过错吧？当时你也会很消沉吗？"

"嗯……我从没犯过需要道歉的错误，所以不太清楚那种感受。"沙名子的表情有些为难，答道。

——好吧，我也料到了。

珠海发来了LINE信息，说亚力山卓果然没参加庆功宴，不过她玩得很开心。

真夕出了地铁。夜色之中，她一边走在回家的大马路上，一边还惦念着演唱会。

——我好想去演唱会啊，其实参不参加庆功宴都无所谓，我就是想听亚力山卓在现场唱歌啊！

——但是演唱会已经结束了，工作也做完了。

输入数据真的很累人，不过这是她进财务部以来头一次竭尽注意力去攻克难关。多亏了之前为了能去演唱会所做的努力，这个月的划款确认也已经完成，勇太郎交代的静冈工厂直营店决算文件亦合格通过。

那些数字完美匹配的借贷对照表、损益表怎么都看不腻，明明只是把数字列在一起而已，却会让人看得入迷。

——咦？我……我怎么有种强烈的成就感？

真夕走着走着，注意到心中涌出了一种从未有过的感觉。尽管自己平时净在犯错，尽管加班回家累得不行，可现在心情却很愉快。这是在宣传科时从未有过的体验。

她在途中琢磨着这是怎么回事，结果就走到了她日常买东西的便利店。

这家店就位于车站和她家的正中间，晚归时，她常去光顾。

今天她其实没什么想买的东西，但可以给哥哥们带些啤酒回去。

他们总会在周末喝发泡酒，所以要是买了贵的啤酒给他们，他们会很高兴的。

她还没联络哥哥们说自己今天不去看演唱会了。如果在地铁上就发LINE告诉他们，他们肯定要抱怨说："为了接你，我们今天酒都没喝，一直干等着。"

所谓"哥哥"就是既好用又麻烦的存在。而且她有两个哥哥，维护感情的时候费用也得翻倍，不过靠一罐啤酒也能求他们下次来接她。

她正在纠结是按惯例买惠比寿啤酒还是选每罐贵上三十日元的当季限定啤酒，这时有一名紫发男子从她背后迅速路过。

——紫色的头发啊，真像亚力山卓呢。说起来，亚力山卓最近也把红发换成紫发了。红发当然很好看啦，但紫发非常典雅，非常帅气。

——他在今天的演唱会上是哪个发色呢？场馆离这里挺近的，说不定他就在这一带过夜了。要是这样就好啦。

真夕买了当季限定啤酒和薯片，还在购物篮里放了香草冰激凌，作为给自己的奖励。她把篮子放在收银台上，而刚才的紫发男子就在旁边的收银台前选杂煮。

"请给我一个麻糬福袋，还有萝卜块和鱼糕。"

"好的，麻糬福袋、萝卜块和鱼糕对吧？"

"啊，还是给我两个麻糬福袋好了。"

真夕止住了手。

她听过这个声音。

——难道？！

真夕看向那名男子。

他已经买完东西，刚踏出便利店的大门。

紫色的头发松散地披着，体型细瘦，穿着黑色的T恤，个子不算高，但脸很小，因此身材比例相当不错，手腕上戴着亚力山卓最近很喜欢的手镯。

"抱歉！我等会儿再来结账！"

真夕对着收银台喊了一声就追了出去，不管篮子了。

只见停车场一头停着一辆黄色的车，是本田S660。男子小心翼翼地端着杂煮，步行穿过停车场。

真夕跑了起来。

"——请问！"

男子刚把车门打开。

车上没有别人。在路灯照射之下，他T恤上画着的翅膀正在发光。

"有什么事吗？"

他没有化妆，因此给人一种朴素的感觉，但正是亚力山卓本人。他的鼻梁高挺，眼睛很大，戴着鸟形和十字架的耳钉，长相十分漂亮，简直就像个十几岁的少女。

真夕僵住了，亚力山卓就在她的眼前——那个对她说"你是飞鸟"的男人，那个带着翅膀的男人，正端着杂煮，站在她的眼前。她完全不知道现在该说什么才好。

"请问，你喜欢麻糬福袋吗？"

真夕好不容易才憋出这么一句话。

"喜欢。"

亚力山卓轻柔地笑了。

随后，他坐上了驾驶席，慎重地将杂煮放在副驾驶席上，发动引擎，对真夕轻轻地点了点头，缓缓地驶了出去。

——"喜欢""喜欢"。

这句话听来让人酥酥麻麻的，此刻正在真夕的胸口中反复回响。

——啊……我又可以继续努力了，我还能努力，要再努力一点。

——"我有翅膀，所以我不怕飞翔！"

真夕独自一人站在路灯下，目送着慢慢驶离停车场的本田S660，同时轻轻为自己唱起了歌。

第二话

彩色水晶

山崎柊一

一位男士走在有乐町的十字路口上，整个人看起来是驼棕色的。

柊一心想太罕见了，毕竟在银座这种地方很少有人会透出如此清晰的感觉。

那颜色非常鲜浓，充满力量，常见于新宿和六本木，不过在银座，大家会更淡泊、沉稳一些。[1]

那是个身材高大的男人，强健的肩膀和臀部隆起着。

他的轮廓非常清楚，轮廓内似乎涂满了茶色，在柊一看来这就像是块失败的生姜人饼干，由于生姜放多了，口味辛辣。

男士散发出的色彩太过强烈，以至于他身上透出的其他信息反倒变得模糊。尽管柊一摘下眼镜就能看清对方的相貌和着装，但他并没有这个打算。

观察人类确实是他的兴趣，可现在又不是工作时间，还去揣度别人实在麻烦。其实他视力本就很好，只是不戴眼镜的话会让他看见太多。

---

1 "新宿"和"六本木"也都是东京的地名，"新宿"是东京乃至于整个日本最著名的繁华商业区之一，"六本木"则以夜生活及西方人聚集而闻名，中国驻日本大使馆亦坐落于此。——译者注

"小柊！久等了！"

智花的声音传来。

柊一抬起头，只见一个轻飘飘的粉色人影在跑动。原来是智花下了出租车，一边举着手一边朝他奔来。

智花永远都是粉色的，时浓时淡的各种粉色，清澈而漂亮，让人一眼就能看清。

"抱歉哦，我来得太早，就去了趟三越[1]，结果发现一只很可爱的包，忘了小柊你不喜欢人多的地方。"智花满不在乎地说道。

她就是这种性格，让人干等上三十分钟还毫无怯意，不过柊一很清楚这一点，所以也不会去催她。

"这点时间而已，没事。那个包你买了？"

"嗯，买了！店里的人会帮我送到家里去。"

她最喜欢购物了，永远都在探寻下一个目标，而且她手持家里给的AMEX信用卡，似乎什么都能买。

她父母是资产家，她现在自己一个人住在六本木的公寓里，那是她父母名下的房产。她正在念大学，不过很讨厌学习，也没有找工作的必要，整天都无忧无虑的。虽说她既不优秀，也算不上多么美貌，但是为人单纯，是个可爱姑娘。

1　"三越"指"三越百货（TYO）"，是一家日本百货公司集团，创办于1673年，总部设于东京。在世界各地有多家分店。总店在东京地下铁银座线其中一个车站三越前旁，所以公司名叫"三越"。——译者注

"人家很久没见小柊了，今天真开心。我们去哪儿？"

"去酒店。"柊一说道。

"所以说我最喜欢小柊了！"智花微微笑了，答道。

"所以我也很喜欢智花你啊。"柊一心想道。因为对着她根本就不用说那些多余的话。

"现在就出发的话，去半岛酒店吧？广场酒店也不错，不过之前我们才去过，而且完事之后我还想吃个饭呢，索性去港丽酒店？"

智花挽住了柊一的胳膊，开开心心地挑选着接下来要去的酒店，就像在选新包一样。

"山崎哥！早！"

周一一早，柊一来到销售部，刚把公事包放在办公桌上，坐在对面的山田太阳就来和他打招呼了。

太阳给人的感觉是红色的，或者说是接近于红色的橘红色，而且不含杂质。他一张嘴喋喋不休，总是情绪高涨地聊些大家都知道的话题，在销售部有很多这样的人。

柊一并不讨厌太阳。他想过，如果自己是客户，在销售人员开始谈论今天的天气时就会直接把他们拒绝了，但太阳是例外。而太阳虽然感受不到自己的色彩，但估计也明白自己的开朗很能吸引住别人。

不过话是这么说，实际上几乎就没有让柊一觉得讨厌的人。

此刻叽叽喳喳的不止太阳一个，整个销售部都乱哄哄的，毕竟接下来是每周一次的部门会议，办公区域一角的打印机正在吐出文件，似乎是哪位同仁的业绩报告。

柊一翻开办公桌上的笔记本电脑，这时一张贴在电源键上的便笺纸便映入眼帘。

销售部 山崎柊一先生：

今天是提交发票的截止时间，如果你有差旅费需要报销，还请尽快。

财务部 森若

柊一盯着这张便笺，心想："居然忘了。"

他上周去大阪和北陆出差，住了三晚。由于此行涉及的项目还未正式开展，所以报销的截止时间按说还很宽松，不过财务部的森若沙名子小姐希望能按月度来结清报销，似乎是为了分散每个月的费用，尤其是他这种为了别人负责的项目而跑到管辖外区域去住了三天的人。

他本没打算理会，有问题就有问题好了，然而沙名子直接找吉村部长谈话了，还来询问他详情，似乎想借此更进一步巩固这一方针。若想要她不再追究下去，那么以后就得以月度为单位好好提交发票。

森若沙名子非常优秀，柊一把她列入了"需警戒"的那类人之中。

他觉得她的要求虽然麻烦些，但也确实不赖，因为她会经常来贴上这些用心写就的便笺纸。他甚至觉得偶不把它们撕下来，偶尔晚交几次报销申请也不错。

他认为沙名子心里肯定也有一份名单，按对应方式作了目录，并把同事们都分门别类地写在了上头。有时确实是会遇到她这种人。

"山崎哥，部门会议马上就要开始啦！听说今天是在第二会议室开会。"太阳叫道。

太阳已经拿好了随行笔记簿子、手机和会议资料（其实只有一张A4纸），但并没有带笔记本电脑，因为他用手机来管理所有的信息。

"我马上就去。"

"部长应该会一直等你到了才开会的，龙村集团的合作项目进展如何啦？还是要交给大阪那边负责吗？"太阳问道。

柊一拿着便携的平板电脑和键盘，离开了销售部办公区。他和太阳一样，都不爱做冗长的材料，之所以带着平板设备去开会，只是为了在无聊时假装工作罢了。

"还没具体进展呢，我是无所谓，不过酒店经理好像不太欣赏大阪那里的负责人啊。"

"原来如此，这可真不容易，搞得你老是要出差。"

太阳是个无忧无虑的人，他似乎从没想过柊一总是会多给自己安排一天出差日，好去游山玩水之类的。虽然柊一觉得销售部内部应该是有这种恶意谣传的。

"龙村集团"是柊一出差期间获得的新客户，当时他随便晃去了一家酒店入住，就是在那里结识了"龙村"的人——他下榻的酒店走温泉旅馆风格，于是他随便想了想有关营销的内容，结果酒店的女经理非常看重他的点子。

这家名叫"龙村"的酒店位于北陆和关西范围内，女经理叫作龙村美枝子，正是这家大型连锁酒店的社长千金，柊一就是从她手里拿到了订单，让天天肥皂成为他们酒店洗漱备品套件中的一项常规用品；同时，她也有意向定制特别的肥皂和泡澡粉。由于柊一发现了新销路的入口，销售部的吉村部长现在干劲十足。

当公司层面的项目启动时，柊一的任务也就完成了，他想尽快将项目总负责人的位置交给大阪销售点和策划科，可龙村美枝子却很欣赏柊一，看样子是想让他一直参与其中，直至合作正式达成。

天天股份有限公司销售部的本职是寄售，并不强制要求开发新客户，不过有时还是会出现这种情况。

"路程实在是太远了，我真想早点把这事脱手。如果可能的话，太阳你来接手试试呗？"

"不行不行，我可没辙！'天堂咖啡'才刚开业，我一直在搞那边的事，最近势头还挺好的，客人们也在增加，还在讨论要不要再一起开辟一块'爱犬咖啡'出来，让狗狗们也能泡个澡，这样搞搞挺好的吧？"

柊一只是提议一下，结果太阳就打开了话匣子。

——太遗憾了，美枝子给人的感觉也是红色，而且是偏暗的酒红色，和太阳应该很合得来。

"镰本哥怎么样？他最近说想做点新尝试。"

"镰本哥？"

镰本义和是柊一同部门的前辈，在他看来是个乌漆墨黑的男人。

美枝子八成看不上镰本，因为她有洁癖，和老公相处得不好，可为了公司又没法离婚，一直心怀愤愤。她应该看得穿镰本有轻视女性的倾向。

但柊一心想这样或许也很有趣。他谈下新客户，却被镰本给搅黄了，这样一来镰本就会失去自信，产生报复心，却找不到复仇对象，只会变得更黑暗——因此从负面意义上来说，美枝子和镰本的组合倒也是绝佳。

亦可能——镰本意外地能办好这桩差事，展示出他作为销售老手的斗志。在衡量过自己的未来之后，他说不定会隐藏起自己的真实想法，拓宽销路。天天股份有限公司和龙村集团的生意将成为镰本的职场生涯分歧点，他会走向哪条路呢？

"镰本哥也挺理想的，下次我们一起跑一趟吧，我把对方也介绍给你认识认识。"

"大阪很不错啊！章鱼小丸子特别好吃，还能顺便泡个温泉吗？"

柊一多少觉得，太阳这人不拘小节，凡事从不深思熟虑，不过直觉很灵光。待在太阳身边，算镰本可怜。

"森若小姐，麻烦你，我要报销差旅费。"

柊一来到财务室，沙名子停下手里的活，看了他一眼，说道："请把报销材料给我。"

柊一经常要找沙名子处理报销单。

一方面因为她是销售部的对接负责人，而另一方面，财务部的另两位成员都比较微妙：田仓勇太郎浑身散发出压迫感，而佐佐木真夕又让人不太放心，不过就算不考虑到这一层，沙名子总给人一种可靠的感觉，让人不知不觉就想把工作托付给她。

"材料没有问题，我这就给通过。"

"这是我下周的出差计划，你看看行吗？"

"要在静冈过一夜是吗？"

她对着这份计划书看了几秒。

透明的水晶开始燃烧。柊一戴着眼镜，看不清沙名子的表情，但仿佛可以听到她的心声，仿佛在说："山崎先生打算周五出差，周六玩一天，还能得到调休呢。去静冈的话，当天来回也绰绰有余。不过他们部长算是很喜欢他，我就别多管了。"

沙名子办事的严谨可靠之处就在于这几秒。只要挨过这几秒，她就愿意给你审批通过。

她早就知道柊一其实并不认真。

柊一其人，基本上算是很怕麻烦。总是多申请因公外出的时间，然后迅速做完工作，再自由地度过剩下的时长；与人商谈时尽量靠打电话搞定，也不想制作文件，也不高兴聊天，甚至不爱给客户名单扩容，哪怕别人根本不会来找他。如果没能在最初五分钟内让客户产生兴趣，他就会撤退。

他喜欢悠闲，讨厌忙碌，干活也是为了争取更多闲暇时间。一旦舍弃了出人头地的欲望，能干的懒汉就能做出最高的效率。

直到去年为止，他还会装成一个认真的员工，但最近简直是放飞自我——要是自己悠悠闲闲的，销售业绩却还是在上涨，那便无法和那群总是忙忙碌碌的销售部同仁们维持平衡了。

不过就算没事要办，只要到处走走，他也总能注意到什么，于是会在出差或外出时临时起意开发一些新客户。龙村集团就是其中一家。托对方的福，他出差的时长虽然增加了一些，但也让他看到了更多东西。

"森若小姐，我是不是把计划周期排得太长了？不过我们吉村部长说没问题。"

"OK了。"

她简单地答道，然后打开抽屉，取出新干线车票交给柊一。

她是个冷淡的女人，没有强烈的欲望，但也从不会把问题都扔给别人。

没有欲望就意味着不会为他人所动摇。大概因为这次的新客户也是这种人，柊一才会寻思着既然自己有精力，那么就找出她的欲望，然后帮她实现。

正这么想着，他却有了意外发现。

沙名子身上出现了一种真实感，而这是至今为止从未有过的状态，似乎有什么东西在动摇。

"山崎！"

柊一边琢磨着她是不是产生了某种变化，以及到底是何种变化，一边朝销售部走去，这时有人叫住了他。

"你好啊，镰本哥。"

原来是他在销售部的前辈镰本。直到最近，对方都一直在和太阳组队工作。

"你又被财务部修理了？"

镰本平时可没这么亲切，看来他今天心情不错。

"都是些老生常谈的话题，说我差旅报销交得太晚了。"

"森若小姐的生日就快到了，也难怪她那么烦躁。"

"生日？"

"是啊，她都二十八了，女人啊，一到三十左右就没戏啰！"

不知为何，镰本晓得公司里所有女同事的生日。

他是个有所欠缺的人，而黑色的感觉就是从那些缺损的部分里冒出来的。他常说一些很消极的词汇，必须注意不要被他带进负面情绪里，毕竟柊一自己可不像太阳那样拥有一身光明的铠甲。

柊一曾以为，人的精神是随着年龄增长而日趋成熟的，但实际上人在出生时才拥有完美的精神状态，而之后可能会逐渐残缺，包括他自己也是一样。

"我想找你聊聊大阪那事！"他俩并排下楼，镰本似乎下了决心，开口说道，"我听太阳说了，你还要去大阪？"

"哦——是的，我在会议上也提到了，现在各方相关人士还在争让谁来负责呢。"

"你不想干？"

"这倒不至于，毕竟龙村集团很照顾我，只是我觉得自己差不多该抽身了，而且这起案子金额那么大，必须在企业层面建立起信赖关系。"

"太阳有'天堂咖啡'，可接手不了，要不让我来负责呗？"镰本换上了一副探询的口吻。

柊一在今天的部门会议上也提到了大阪销售点想把他排除在外，以掌握项目的主导权，吉村部长可不答应，希望能按柊一的方式打造项目。他不愧是部长，看穿了龙村美枝子其实有不好伺候的一面。

柊一觉得让太阳来接替自己会很合适，但他手里有别的工作。

镰本似乎想接手负责，反正报税的任务算在大阪营业点头上，这份差事不但光鲜，还意外轻松，所以他刚听太阳这么一说，还不等部长开口，就直接来找柊一了。

镰本也同样想当个有能力的懒汉。对销售人员来说，这是必需的。

"说得也是，那我回头找部长谈谈。对了，镰本哥你今天要去东京站那边吧？我今天必须去丸之内报税，你要是开车，能带我一段吗？"

"是啊……带你一段倒也无所谓，不过……"

他俩说着说着就进入了销售部的办公区，镰本瞬间上了火，却没出声，不知道该不该给柊一送这个人情。

"山崎，我准备下午去那里办事，你搭我车吗？要带很多货过去吗？"立冈从旁插话道。

立冈是柊一的前辈，两人的办公桌也相邻，曾一起搭档工作过。

他正对着电脑屏幕忙活，似乎是在整理中午前部门会议的纪要。

他做事非常努力，不管会议上派发了几张资料，他都会勤勤恳恳地在随行笔记簿子上做笔记；哪怕把回复客户电话的事宜往后延迟，也要加班做公司要用的文件；跑业务时还得先拿出客户名录，从天气开始先聊上一个小时——他就是这种类型的销售员，会为了获得新客户而奋斗，但似乎总不太顺利。

"我就提个纸袋，下午随便什么时候，能让我在东京站下车即可。"

"明白了。"

"非常感谢你啊，立冈哥。"

"没事没事，我也没底气说自己想去大阪，所以这点小事还是能办的。顺便去吃个午饭吧，咱俩很久没一起吃了。"

立冈笑了，而一边的镰本一脸不快，浑身散发出怒气，斜视着立冈。

"柊一君，麻烦你特地跑一次了。"

"没事，我已经办完税了，傍晚之前都有空。"

落合俊也在车站前快餐店的一角，团着背，喝着咖啡。

他是山崎柊一的朋友，两人已经来往了十来年。

不过落合已届花甲，论年纪，他俩都几乎能当父子了，他那身灰黑色的旧西装与快餐店那色彩明亮的墙壁并不相称。

柊一和立冈在丸之内吃了天妇罗套餐，然后去办税，最后随便向公司扯了个拜访地点就赶往千叶与落合碰头。对方好像刚吃完一顿迟了的午餐，桌上还放有包汉堡包的油纸。

"说实话，我真的很不想为这事麻烦你。"

落合满脸歉意，一边解释，一边从磨旧了的包中取出有待拜访的客户名录。

他经营着一家塑料加工厂，一言蔽之就是那种小微企业，有七名员工。最近因为订量最大的饮料制造商开始缩减生产规模，他的工厂收入锐减。

"我今天也跑了好多地方，新客户还真难找啊。"

"我也在制造型企业工作，所以很清楚开发新客户有多不容易。这个能给我看一下吗？"

柊一"啪啦啪啦"地翻着名录。

和落合相识时，柊一还是个大学生。

柊一的老家在东北一带，他没考上国立大学，便硬是上了东京的私立大学，光是生活开销已经很吃紧，学费就必须得靠自己赚。然而，化学专业的实验很多，他也没法定期打工。

他在一间酒吧做过很短一段时间的服务生，虽然小费不少，可工作时却总被晃得眼花欲呕，甚至吐了好几次，便辞职了。酒吧里的客人们欲望都过于强烈醒目，为了不再看清他们的面貌——也就是他们所拥有的看起来宛如颜色一般的特性，他在那时起开始戴上了眼镜。

辞职后，他干起了上门推销的工作。也正是在那期间，他注意到自己好像有做销售的才能。

和用药一样，人面对销售人员时也会有各自的特定反应。什么话对什么人有效是因人而异的，各人都有自己的心理优先级。因此，若能在对话中巧妙地给予对方刺激，对方就会掏钱买单。这便是他在这份工作中的所学。

落合就是他在推销时认识的客人。

当时他拜访了位于千叶的一户独栋住房，开门迎接的是落合的太太。她听了他兜售的锅子的特性及他身为苦学生的故事后很受感动，说要买下锅子，为自家的员工们做好吃的。

锅子的性能是优秀的，但每口售价三十万日元。

虽说当时落合家的经济状况优于现在，但也不至于能轻松买下如此昂贵的锅。柊一稍微想了想，便在次日上午再次来到了落合家。

他向落合太太介绍了"冷却期制度"[1]，太太很感谢他，对他说随时可以去吃饭，而他也真的去了好几次。经营工厂的落合和员工们亦觉得不时来玩的柊一是个风趣的小伙子，便将工厂所持有的专利详情、产品加工的一些内行信息告诉了他。按说他就是个卖高价锅的黑心推销员，结果却被当成了一个认真又体谅他人的大学生。

除去落合，柊一还有很多不同的人脉关系网，彼此之间的交情都是在柊一自己都不清楚的情况下就开始了。大家各自所在的环境越不相同，身上呈现出的色彩差异就越大，柊一认为这一点很有意思；而各圈的人均会以他们自身为标准来看待世界，这一点也相当有趣。

"今天您拜访过的对象全都回绝了您，是吧？"柊一一边看着名录一边问道。

"说来惭愧……各家都没有余力接纳新的合作者。"落合很是消沉。

"您有拜访计划表吗？"

落合递出表单，那是一份在电脑上列完再打印出来的文件，看

1　"冷却期制度"是一项侧重保护消费者权益制度，即在合同订立后的一定时间内，消费者可以无理由解除合同，且无须承担任何责任或赔偿。——译者注

着像是从通讯录里摘出来的，共三十来家，以餐饮业、食品加工业为主。他像是从表单上的第一家开始逐个拜访，最前头的七家都已经被红线划除了，还到处写满了笔记。

"'落合加工'现在的主营业务是食品包装袋加工和自动贩卖机里的塑料瓶样品是吗？还能干别的吗？"

"如果想做别的，那就必须添置新设备，这方面我打算根据合作方再作进一步考虑。"

"具体情况具体分析是吧？"

柊一拿出平板电脑，一边听着落合的话，一边检索着表单上的每一家公司。最近，即使是小公司，大多也会设立官方网站。

翻到其中一家公司的员工介绍页面时，柊一停住了手。

那是一家以大豆为原料的食品加工公司，制造部副部长写了一段长长的寄语。

页面上展示了他的照片，是一位四十来岁的男士，眼睛很大，直视前方，一手握拳，看上去精力十足。

简直就像是一块放了过量生姜的姜饼人，轮廓清晰，性格强韧。

柊一在表单上挑出几家公司，做了标记，然后确认了这家食品加工公司就在今天可往返的距离内，随即站起身来。

"落合先生，我们出发吧。"

"啊？"

落合惊讶地抬头看着柊一。

"今天就算了吧……我也没有约过人家。"

"今天您开车了吧？那就来得及。不必打电话，等对方拒绝的时候再放弃也不迟。"

"我今天其实只是想请你给点营销方面的建议。"

"建议并没有意义。我在意的是不要让对方觉得和我们见面是在浪费时间，毕竟我自己也是这么觉得的。"柊一摇头答道。

他把桌上的平板电脑和名录一起装进公文包，然后拿过托盘，把包汉堡包的油纸团成一团。

"落合先生，您曾教过我，'理想的人际关系，是彼此间能够相互感谢，而不用多问契机'。如果这家公司能将'落合加工'的优秀技术盘活，对双方来说都有好处。我们现在就去将这一点传达给这位制造部的土屋信二副部长。"柊一指着表单上的某家公司说道。

这位副部长有很强烈的意志和欲望，尽管年轻，但已经身居要职，由此可见他实权和能力兼备，身上还散发出深驼棕色的气质。柊一打算去前台直接要求见他，至于最初的五分钟里该说什么，那就等见了面再决定。

"柊一君，太感谢你了。"

落合坐在驾驶席上，不停道谢。

"这没什么。"

柊一从胸前的表袋里掏出眼镜，用手帕擦拭着镜片。

他和土屋副部长说上话了，谈论自己不熟悉的行业让他有些疲惫；但当眼前浮现出落合那矮小的背影时，他便不知不觉使出了全力。

"细节要之后才聊，不过土屋先生说先给我们一些小单子做起，如果顺利，那么公司那边或许会好转起来，我也能在员工们面前树立起威信了。"

"……确实。"

土屋先生本人给人的感觉和网站上的照片一致，充满欲望且具有实力。现在他手里有个新产品的案子正在推进，制造方面的需求和"落合加工"的业务也相吻合。听了柊一的说明后，他表示虽然现在还不能签约，不过会往合作方向去考虑。

他有想要的东西，可却不清楚那到底是什么，心头焦躁。在这一点上，世人大多如此。和他这类人打交道时，只要表达出"愿和他一起思考，一旦达成合作便能帮他找准关键切入点"的态度即可。

但柊一能做的也仅限于此了。

"我会努力的，全都是柊一君你的功劳啊！"

"要不再换一家吧？"柊一说道。

他坐在副驾驶席上，面朝前方。戴上眼镜后，他的视线变模糊了，这让他轻松了不少。

车子猛地晃了一下。傍晚时分的国道是很难顺利挤进去的。虽然柊一婉拒过，但落合还是坚持要把他送到JR线上的大车站去。

"什么'换一家'？"

落合稍过一会儿才宛如自言自语般地询问道。

"可能是我多嘴了……我有些不安，不确定落合先生您是否跟得上土屋副部长的要求和想法。"

柊一尽量说得委婉，以免伤害到落合。

"你的意思是，我担不起这份合作吗？"

"我觉得土屋副部长很严格，今天我还能作为相关人员陪聊，但之后就没法全程参与了，而且设备投资的风险很大，我不能说些不负责任的好话。他这人精力充沛，一不留神可能就会被他来回折腾。"

信号灯转为红色，落合直直地看着前方。

"是吗……柊一君你是这么想的啊……"

"我在看您的待访名单时，还圈出了另外几家比较看好的公司。虽然要展现给他们看的重点各不相同，不过用诚意去沟通的话，应该都能顺利推进下去。"

落合握紧了方向盘。

他瘦小的后背仿佛正在燃烧，像是蒙受了屈辱一般。

"原来如此，谢谢你把这么难说出口的话告诉我。"

"您言重了。"

"但是啊，我也不是为了面子才干这么久的。"

信号灯由红转绿，落合又静静地发车了。

他开着车，同时下定决心般开口道："我听了土屋先生的话之后，觉得值得一试。不能再让现状继续下去了，必须要冒一次险。我儿子没你这么优秀，可最近也开始认真积极地对待工作。如果能和那样的公司合作，我想他大概能学到点东西。"

"原来如此。"

"所以柊一君你没有任何责任，我也不打算对员工们说今天和你见面了。"

"我明白。我什么都不知道，却还说了些多管闲事的话。当然了，我觉得落合先生您是能成功的。"

"柊一君。"

已经看得到车站了，落合打着方向盘，小心地沿环形交叉路转弯。

他把车停在离检票口最近的停车场，然后转头看向柊一，说道："我们公司一直用着天天肥皂哦。在工厂做事的人手上总是脏兮兮的，不过所有的员工都说，柊一君的公司生产的肥皂绝对错不了。我也是这么想的。"

落合笑了。

那张又小又皱的脸仿佛诉说着自己还能有一番作为。无论是刚见面时的不自信，还是方才那股屈辱的火焰，现在在他身上都已不见丁点。这是人生的前辈与下定决心的经营者所拥有的表情。柊一被他的欲求镇住了。

"谢谢您。"柊一也报以微笑。

但他没有告诉过任何人——其实他在家从不用天天肥皂。

"好难得啊，小柊你居然主动说想见我。"

柊一和智花半个月没见，他觉得她似乎变了，原来是染了新的发色。她的头发总在换着各种花样。

他们俩现在正在智花喜欢的高级中华料理店吃饭，店里到处都摆有大朵的花卉，还装点着鸟笼型的饰物。智花到得早，已经在吃香肠喝红酒了。

"会吗？我觉得我还挺常约你的。"

"哈哈，因为小柊你很温柔呀，所以约我也肯定不是真心想见我，只是算算时间觉得我差不多想跟你亲热一下了，才会来找我。"

"女孩子别说这么露骨的话。"

"我只是实话实说，不过正好，我也想找你说清楚，我们得分手啦。"

"什么？"

柊一正在看菜单，闻言便顿住了。

智花笑脸盈盈，伸过手来拿起菜单，随后叫住了女服务生。

"你好，请给我皮蛋、鱼翅汤，还有虾仁炒饭。今天有牛排吗？"

"有，一道是中华风味的菲力牛排，一道是松阪牛、鲍鱼、芦笋三味杂炒。"

"那来两人份的杂炒。小柊也喝红酒吧？和我喝一样的就好。我不喜欢黄酒。"

"啊——好。"

智花还是一如既往，清楚地知道自己要什么。

她就着红酒，吃完了最后一片香肠。到底是老字号连锁酒店的千金，吃相非常漂亮。

她身穿一条红色的法式袖连衣裙，看样子是最新款。见她打扮成这样，任谁都看不出是来谈分手的。

柊一觉得她身上散发出来的色彩和她母亲属于同一色系，不过她母亲是更加深沉的酒红色，有着不可窥见的一面。

女服务生在柊一面前放上酒杯，往其中倒入红酒。

"智花，你刚刚说要分手？"

"哦，没错没错。我这阵子和我妈见面了，我们大概有三年没见了吧。她对我一点都不感兴趣，反正有我哥和工作就够了。算了，反正我也不想住在北陆，现在这样挺好的。"

柊一把红酒杯从嘴边挪开。

她看起来不像是打算责怪柊一，而且也不是那种喜欢试探别人反应、爱挖苦人的性子。柊一这下不知该如何判断了。

他并没有把自己正在和她的母亲——龙村美枝子一起工作的事情告诉她，本来是计划等事情上了正轨再说的。

所以他才希望尽快把和龙村集团对接的任务卸下来。

菜品上桌了，智花一边叫着"看起来很美味"，一边拿起筷子开始品尝切成块状的牛排。她的胃口确实很好。

"抱歉。"柊一道歉了，"我没打算瞒着你，单纯是一直没有机会说。其实我一开始只想知道你的母亲是个什么样的人而已。"

"毕竟我说过想让你去见见她嘛。小柊你很会看人，所以我很好奇你会怎么看待她。不过我没想到你居然真跑去见她了。"

"我也没想到。就是觉得正好离得很近，于是便准备趁出差的机会住进龙村酒店体验一下。"

"你明明是去做生意的。"智花身上冒出红色的火焰，颜色就如同她身上的那一袭红裙，"我妈跟我说的一样吧？她很奇怪哦，就是喜欢才貌双全的人。我爸也是。只要看得上你就会彻底偏袒你，要是不喜欢你，那就置之不理。看她那样子，可是特别中意你呢，我也感到很庆幸呀。哎哟，这个鱼翅真鲜美！"

"我真的从来没动过做生意的念头，只是龙村酒店使用的液体皂质量实在是……"

"那里的美体皂差得惨绝人寰是吧，所以小柊你就想推销天天肥皂了？"

"我已经习惯成自然了，连自己都觉得这不太好。本来不过是想找个借口见见负责人，谁知道之后会开展得这么顺利啊。不过我和你母亲之间只有工作上的往来。"

"你觉得她精明能干是吗？她最喜欢别人这么看待她了。"

"智花，我觉得你和你母亲很像，你们都很可爱。"

"别说我和她像。"

智花头一次语气那么重。

在柊一看来，龙村智花像极了龙村美枝子，简直一模一样。她们都会对自己的欲望直言不讳，径直伸手。这一点既纯粹，又美丽。

他很希望将这些感想告诉智花，不过刚刚已经被她勒令禁止了。

"小柊，要是我妈知道你和我在交往，会很麻烦吧？"

"是的。"柊一答道。

他是个擅长倾听的销售人员，美枝子相当中意他。她和丈夫关系很差，女儿智花又偏向她丈夫，而他其实是为了女友智花才偷偷去"视察"美枝子的。

这些来龙去脉如果被龙村美枝子知道了，那么他的信用就会一口气消失殆尽。美枝子一旦想起自己曾哭着对他诉说了自己的境遇，估计会在耻辱和震惊之下气得发抖。她原本就要强，对自己不和谐的家庭生活也十分介怀，如果柊一暴露了真相，那么这个动员到"天天"全公司的项目也会被美枝子全盘驳回。

而麻烦就麻烦在，柊一身为肥皂制造企业的销售人员，深刻地感受到这一项目很有推进的价值。

有那么一瞬间，智花泫然欲泣。

"所以只能分手啦，因为我真的很喜欢你。"

她牵动嘴角，勉强扯出一个笑容。她浑身包裹着粉红色的铠甲，也并不会对母亲说出柊一的事。柊一真没想到事情会发展成现在这样。

——你是粉色的水晶，我也很喜欢你，所以希望能把你想要的东西给予你，这就是所谓的"双赢"。能够相互感谢就是一种幸福。

智花用纸巾拭了一下双眼，然后又顺便擦了擦嘴唇。

她吃了芦笋，又把虾仁炒饭吃得干干净净，随后叫来了女服务生。

"请把店里最贵的中国茶叶和甜点放在一起，打包成礼品，我马上就走。"

"好的，明白了。"

"小柊，今天你来付账好吗？我接下来要赶另一个场子呢，你今后还能从我妈那里赚到很多钱吧？请我一顿也没什么哦！"

智花喝干红酒，站起身来。

柊一没有追出去。他知道，对于去意已决的人，就算挽留也没用。

他很擅长营销，可是始终不习惯被人拒绝。

柊一并没有特地挑时间，不过此刻财务室里只有沙名子一人。

"山崎先生，你来交报销单吗？"

"是的，拜托你了。"

他把发票和报销单递给沙名子。

报销内容分别是会议商谈费、餐饮费和礼品费，地点是开设在某酒店内的高级中华料理店，接待对象是龙村智花。

他才不想自掏腰包，于是就把这些都算到经费里去了。按智花的说法，请她一顿也没什么。毕竟他因为工作失去了女友，而公司往后也会从龙村集团那里赚到很多钱。

吉村部长什么都没有说，或许是一看到"龙村"这个姓氏就批准了报销，也可能是有所察觉的，但并不想揭穿。

"你没写错接待对象的名字吧？"

沙名子注意到了这一点。果然，也只有她会注意到。

柊一有些兴奋，接下来自己该说什么呢？对方又会作何回复呢？

"没有，这是龙村集团社长的孙女，现在正在东京念大学，我请她试住了东京有名的酒店，调查一下那里的洗漱备品，然后再把住后感告诉我，我们交换了意见。"

"OK，下个月十号划账给你。"

"森若小姐——"柊一看着沙名子。

他突然有句话想说来试试。

"如果我说——我其实很害怕人类，你信吗？"

沙名子停下了手里的活。

她抬起头，神情有几分诧异，不过看得出她在想什么。

柊一和她对视了几秒，觉得她真的是个很可靠的人。随后她开口了："不信。"

——谢谢你。

柊一微微一笑，看着财务部的森若小姐通过了这份报销申请，在内心道了谢，随后离开了财务室。

第三话

丧尸、谎言和魔法之笛

平松由香利

"你们会要求他人做抵押吗？如果会，那就说明——当你为他人做了什么时，你还是会想到自己的好处，会以利害得失来考虑人际关系。'抵押'这一行为将暴露你的心思。"

爱美沉稳的声音在会场里响起。

虽说此处只是家商务酒店，但这间房间倒是相当豪华了。由香利坐在最后，凝望着身穿浅绿色西装的爱美。

受爱美之托，她已经是第三次来参加这个讲习会了。尽管对方跟她说人不多，不过到现场一看，却还是聚集了约三十名女性。她们整齐划一地点着头，做着笔记，倾听着爱美的发言。

门外的走廊上应该还有一块及膝高的招牌，设计得非常低调，上面写着：

关于"提升礼仪技能，筑起真实的人际关系"的讲习会
主讲人 前空姐、South & Star 股份有限公司社长 三并爱美

爱美的礼仪课堂是今天活动的第一部分，之后还会有别的女讲师来做关于"女性人生设计"及"金钱规划"方面的演讲，最后主办

方将布置好会场的桌面，以供参加者们一边享用英式下午茶，一边畅谈。

活动全长三小时，主要受众是单身的女性上班族们，而在品茶的时段里，工作人员则会劝参加者购买面向女性的保险或者婚介所的服务项目；参加者申请其中任何一项均可获赠一张相亲派对的入场券，这一点非常具有吸引力，而且之后还有"冷却期"可供"反悔"，于是由香利也听信了这番说辞，在头一次参加讲座时就买了婚介所的会员资格。

那已经是一年前的事了，现在由香利和爱美二人都还单身，只有年龄日益见长。

由香利今年四十岁，爱美三十四岁。她按爱美的建议，留起了长发，还多次将白发染黑，不过爱美本人倒是没有变化，披肩的茶色秀发光润亮泽，站姿也挺拔，就算说她眼下还是一名在岗的空姐也看不出任何不对劲。

"有人会在他人遇到困难时自然而然地伸出援手，而当这类人自身陷入困境，便能一呼百应——即便他们在助人时从未要求过任何保障，结果也会顺利得到他人的帮助。

"所谓'人'都会比自己想象的更加关注他人。请允许我举个例子，那还是我在国内航班头等舱工作时的往事了。那次时间非常紧急，飞机眼看着就将起飞，可有一位腿脚不方便的客人要登机……"

她流畅地说着。这似乎是从去年开始加入讲习会的编排，期间她也做了多次类似的演讲，要是再说不顺溜才有问题。

而其中有一次甚至是应由香利工作的天天股份有限公司之托，去为他们做了新人培训。

"那么，我们来试试实际操练吧。有哪位自愿表现一下吗？——右边的那位女士，您的连衣裙真漂亮啊，腿也很美，您平时都打扮得这么精致吗？"

"不，我今天有些赶……只是把家里有的衣服往身上套而已。"

"我懂，我也经常手忙脚乱的，像是在重要的日子，连粉底液都会有自己的小情绪。其实今天也是这样哦。好了，接下来请您和大家打个招呼。自我介绍可是很重要的。各位手里都有资料了吧？如果在上面看到了不想说的话题，略过即可。"

会场被笑声淹没，爱美看向在座所有女性，巧妙地缓和了本有些僵硬的氛围。

"说得非常精彩呀。下一位——有哪位想试试的？您可以吗？"

爱美环视一圈之后，选上了一位靠窗坐的女性，她穿着象牙色的针织衫和及膝的半身裙。

"室田小姐——您来试试吧？"

"好的！"

对方答得很干脆。

由香利觉得在哪儿听过这个声音。因为面前有个身材高大的女性挡着，她原先并没有细看，而现在她吓了一跳。

此刻站在爱美身边说话的，是一位娇小玲珑的女性。

"我叫室田千晶，今年二十八岁，正积极寻找合适的结婚对象。我在国内一家化妆品制造企业做传媒类工作，希望成为一名优秀的女性，所以来参加今天的讲习会。"

"'传媒'具体有哪些工作呢？"

"我负责的主要是杂志广告和电视广告的策划。"

由香利不禁探出身子看向千晶的脸。

千晶一瞬间摆出了惊讶的表情，慌忙移开视线，随后继续说着宣传科的业务。

"啊！累死我了！由姐，谢谢你等我。"

爱美在一家大型书店的杂志区找到由香利后，绽放出一个笑脸，向她跑来。

讲习会结束已经一小时了，她应该是一结束就赶了过来。从近处看，她整个人都比做讲师时更小巧、稚嫩一些。

"我在看书呢，不会等得无聊。今天没有近距离讨论会吗？"由香利问道。

她第一次和三并爱美两人一起喝茶时，对方让她称自己为"小并"。因为爱美一直被人用姓氏称呼（听众们都叫她"三并老师"，而朋友们则叫她"三并"），所以她很不习惯别人提及她的芳名。

"他们邀过我，不过我还是脱身了。听众们自己相处时会更融洽，我不在场才好，而且今天还有你在等我嘛。"爱美淘气地耸了耸肩。

"你不用顾及我的啦。"

"哪有顾及啊，我很喜欢由姐，所以想跟你待在一块。你才是，别那么迁就我，和大家在一起喝茶不是挺好吗？这个活动的目的本来就是让女士们结交朋友。"

"今天不太方便，因为有我认识的人在场。"

"是那位室田小姐吗？"

由香利本想蒙混过关，但是爱美可不会放过这一点，毕竟她很敏锐。

"你知道？"

"申请表上有'公司名称'这一栏，她写了'天天股份有限公司（宣传科）'呢。我就想她大概是你的熟人。今年春天去你们公司做礼仪培训的时候，我把宣传单放那儿了，她可能就是看到单子才过来的。"

"公司名称吗……她写的是正式员工？可她其实是非正式的啊。"

"是吗？无所谓啦。反正就是填个工作地点，她这么写也没问题。"

"是没什么问题，不过……"由香利喃喃道。

千晶在今天的讲习会上获得了很高的人气，尽管她离茶桌很远，也没有凑过来和由香利说话，不过总感觉她已经成为话题的中心了。

但是千晶夸大其词了，她就是个非正式员工，在展厅负责接待工作。这个岗位虽然属于宣传科，不过和电视广告根本不沾边。

天天股份有限公司历来就是一家肥皂制造企业，并不主打化妆品，宣传科也不叫"传媒部门"。由香利在这家公司干了二十来年，有些感觉早就渗进身体里了，因此会注意到如上所述的各种细枝末节。

"但并不是说解释得清清楚楚就一定是好事呀，没必要告诉别人自己是个非正式员工，像是和别人第一次见面时，大家都会化妆的，没人会素面朝天又顶着一头乱发。化妆能让自己和他人都心情愉快，所以我觉得她并不是撒谎，而是一种温柔，就像化妆一样。"

爱美恢复到了讲师模式，流利地说道。

由香利可看不出一介肥皂制造企业的非正式员工自称化妆品公司的"传媒人"到底温柔在哪里了，不过既然爱美这么说，那大概就是这么回事吧。

有好几次，她都觉得爱美的话就像是魔法之笛，让她听后便会将原本看来不对劲的说法当作正确答案。爱美那流畅的说辞、如歌的声线都在让人接纳她的观点，只要遵从她便会心情舒畅，自己最终还是无法违逆她。

"我认为由姐你也该再多表现一下自己哦，你是总务部的主任吧？包在我身上了，我会让你大变身的！"

"这……我可以吗？"

"你也太浪费自己的底子啦，明明长得美，工作又能干！"

爱美一边从嵌在墙里的书架上抽出主打摩登风格的时尚杂志，一边说道。

她俩是今年年初时分迅速亲近起来的，在爱美担任"天天"新员工礼仪培训师的那阵子，由香利有一次头脑发热，买下了一条连衣裙。因为当时的她在听了爱美的演讲后，也想以单身职业女性的身份，潇洒地活一把。

然而，她无论如何都没法穿着那条新裙子去公司——要是突然换成那种风格，还不知道要被人在更衣室里议论成什么样呢。常年穿制服虽然无趣但也轻松，她甚至想在公司穿健康拖鞋。毕竟若总在意卷发是不是走形了，妆容是不是完美，那可就没法做事了。

魔法之笛的效果很短暂，因为由香利根本就不喜欢华丽的打扮。

然而，在爱美的影响下，她还是做出了改变。她留长了头发，染了色，换了新的化妆品；在参加爱美主办的相亲派对时，甚至还会穿起可爱的衣服或讨男人喜欢的粉色调衣服、连衣裙。于是亦有男性会赞美她的外表。

她都三十九岁了，却被初次见面的男性夸漂亮，这令她感到惊讶。她把这件事告诉了爱美，对方却高兴得仿佛是自己受了夸似的，预约了全套法国菜请她吃。爱美还说："由姐肯定很快就能结婚了，真羡慕啊，我也得抓紧跟上！"

听到这些话，由香利整个人都高兴得有些忘乎所以。

其实比起男性的夸赞，她更乐于被爱美羡慕。她吃着法国菜，忍不住感到自豪，心想着："我居然能拥有一位这般美丽又聪慧的朋友，如果我要结婚，一定得第一个告诉她，就这样决定了！"

虽然这样的机会尚未到来。

"由姐你真的很谦虚啊，实在是太谦虚了，简直让我担心。我其实觉得，所有女性都应该是闪闪发光的。"

爱美又从书架上挑选出另一本杂志，和之前的那本一起放在收银台上。

由香利有些迟疑，但还是把《电影秘宝》杂志拿在手里。这期里有她想拜读的B级恐怖片专题报道。

"我不适合搞得闪闪发光啦，总务部是个很朴素的部门。"

"我都叫你别这么说自己了啊。"

爱美笑了，像是听到了什么滑稽的话似的。

大型书店的收银台在休息日总是很拥挤，在排队等结账的时候，爱美若无其事地开口了："对了，之前说的那事怎么样了？天天股份有限公司现在有什么工作是能交给我做的吗？"

由香利有些紧张，她料定对方会提起这件事，而且也想好了该如何回答。

"我在邮件里也说过了，我们公司的礼仪培训是面向新员工的，一年只做一次，现在已经没有新任务了，也没有需要代写收件人姓名地址的活动，请你等明年四月再说吧。"

"我这阵子看到你们公司一位女员工上电视了，做着评论员的活，所以你们有那方面的工作需求吗？"

"那是宣传科的工作，我一点都插不上手。"

"但这也是有专业窍门的，你们制造商做起来总会碰到天花板，我觉得找外包团队负责也不错。你别看我这样，其实我可喜欢泡澡粉了，会去做法式SPA，在飞国际航班的时候也常去法国当地买浴盐和肥皂。如果你能把我介绍给你们公司，想必能帮上你们的忙。"

"我们已经有皆濑小姐了……"

由香利住了口，这还是她第一次听说爱美喜欢泡澡粉。

说到公司里会上电视的人物，当数宣传科的皆濑织子。她在解说泡澡的功效时，还会风趣地提到女职员们的生活。由香利没想到爱美注意到了织子。

"她已经很优秀了，但还有更进一步提升吸引力的空间哦。现在她只说泡澡的话题，不过要是能和美容、女性的立场相结合，应该能说得比现在更棒。"

"我们公司倒不走这种路线，因为它真的是一家很朴素的企业。"

"是吗？只有由姐你这样认为而已吧？在人想要进行改革的时候，固有观念可是最大的敌人。"

"这我也明白……"

由香利有些愣神，琢磨起了如果让织子和爱美见面会是怎样一番光景。

织子靠自己的努力获得了如今的地位。她和织子的交情谈不上多好，但她从织子进公司起就一直看着她，所以很清楚这一切。她不认为这是突然横插一脚的人可以胜任的工作。

然而爱美是不会接受这种说法的。毕竟她的信条是——目标越难达成，就越要为之努力。

爱美的公司——South & Star股份有限公司的主打业务是举办各类活动，此外还接办其他公司的各类业务。今年夏天她也提出过相同的话题，当时公司有个活动，由香利就把手写来宾地址、姓名的工作拜托给了她。

由香利想起最近部长找她谈过再引进一台传真机的想法。原因好像是有人向他抱怨说现在使用的多功能复印机很不好用，一旦有人复印文件就没法同时发送传真了。而"South & Star"也有出租电子设备的业务。

她能委托出去的只有这些活了，不过这估计不是爱美想要的。

爱美高估了由香利手里的权限。

"由姐，给我吧，我一起付。"

轮到她们结账了，爱美伸手将由香利手中的杂志抽了过去。

"不用，我自己付。"

"别客气啦，就当是我给你的茶钱，毕竟今天是我硬要你来的嘛。我很感谢你啊。"

爱美流利地说着，同时将杂志放上了收银台，由香利没能及时拦住，便只能由她了。

爱美不喜欢AA制，她俩喝茶时，她总会一起把单买了。她的口头禅就是："我想请自己喜欢的人喝茶吃饭。"

"没关系的……"

由香利说不下去了。她不想对爱美道谢，所以才选了书店碰头，不过这层想法或许已被对方看透了。

——与其出杂志钱和茶钱，还不如直接把钱还给我。

她话到嘴边，又忍了下去，可实际上她刚刚还想着把这番话说出来。

因为她没法给刚刚结束工作，正一派轻松的爱美泼冷水。而且就算说了，估计对方也只会顺口回一句"下次一定还你"。

由香利握紧了手中的粉色托特包，那是爱美帮她挑选的，她今年年初就买下了它。此刻，其中装着一只文件夹，里面夹有一份借据。

"请给我发票，抬头写South & Star股份有限公司。"

在由香利眼里，开开心心地接过发票的爱美简直就是个不可思议的生物。

不久之前，她还没这种感觉。

她借了钱给爱美，总额有一百万日元。尽管对方看起来并没有为钱所困的样子，可为什么就是不把钱还给她呢？

"真纪怀上第三个孩子了。"

周六中午，由香利刚开始享用她迟到的午餐，就听见母亲香保子突然开了口。

吃着炒面的由香利停下了筷子，看向母亲，问道："咦？恭喜她了。不过她不是说过有两个就够了，不会再要了吗？"

"她好像是这么想的，但怀孕这种事又没法算准。"

"什么时候生？"

"到年底生，差不多还有两个月吧。"

香保子吃完了炒面，将盘子端到了水槽里。

——还有两个月。

由香利想起了大约半年没见面的妹妹。香保子嘴上说得淡定，不过肯定早就知道这事了，只是看准了时机才告诉她。

"太好了，是男孩还是女孩？"

"她已经儿女双全了，所以宝宝的性别也无所谓，能健健康康的就好。"

"她会回娘家来吗？"

"她说这次就不来啦，老大老二都上小学了，坐新干线来回太折腾。这下子我就得过去了。正月期间能拜托你照顾你爸吗？"

"行。"

由香利说道。她的父亲从公司退休后就生病了，每周都要跑医院，还得给他做少盐餐。

最近父亲还非常易怒，一想到要和他两人一起过正月，她就感到心累，不过再怎么抱怨也无济于事。

"还有啊，你能包个稍微大一点的红包吗？"

"真纪很缺钱？"

"一直都缺钱。她是个全职家庭主妇，达也先生也靠不住，于是她终于打算出门工作，结果又在这节骨眼上怀孕。她都哭诉说连家里的贷款都还不上了，你就多拿些钱出来吧，我会带过去的。"

"好，我知道了。"

由香利喝完母亲泡的茶，母亲便把她的杯子收下去洗了，仿佛这些"服务"都理所当然一般。

她和妹妹真纪的关系并不坏，多添一个外甥或外甥女也是喜事一桩，可她为什么会感到有些受伤呢？

是因为母亲最近选择和妹妹商量家里的烦心事吗？

自打她过了三十五岁，母亲便不再问她最近有没有适合的对象了。虽然轻松了不少，但同时又有一种被小心翼翼地对待的感觉，令她心情复杂。

她没有对双亲说自己正在参加相亲活动。鉴于有些会员在报名时瞒住了一起住的兄弟姐妹，最近的婚介所便会以个人名义寄信给他们。

她的积蓄够付一套公寓的首付了，可她并没有离家独居的理由。

在家里有母亲香保子负责家务，又没有门禁，而且房子估计早晚会由由香利继承，所以买公寓纯属浪费。

她觉得天天股份有限公司虽然土气，但却是家好企业，很适合自己。从家里过去不算远，不会调职，而且也不会对大龄单身女性说三道四，她肯定会在这里一直干到退休的。

"我一点都不担心你。"她脑中回响起了母亲曾对她说过的话。

她是个可靠的孩子，念书时成绩就很优秀，跟她那个妹妹不同——妹妹技校毕业后换了三份工作，然后和交往不到半年的男友奉子成婚，嫁到了从没去过的大阪。

可不知不觉间，姐妹俩的境况发生了逆转。不，也不能说是逆转了。即使现在，妹妹真纪还是老惹父母操心，而姐姐由香利在一家稳定的公司就职，还支持着双亲——包括在真纪家凑足房贷前，妹夫又正好刚换工作，结果还是由香利帮忙办了手续，动用了自己的存款给填上的。

真纪家还没把那笔钱还给她，却又要她送红包吗？而且真纪每次都在自称要出去工作的当口怀孕，她真不想问这到底是不是故意的。

当然，她也不是不愿送红包。

——明明都是我该做的，可我为什么会不时觉得不对头呢？

"妈妈，我要回房间看电影了，你别进来啊。"

她不愿再想下去，便站起身来。

"又是恐怖片？"

"没办法，我就是喜欢看。"

"你看吧，我只是完全不懂你为什么喜欢那些片子。"

由香利无视了母亲的不满，上楼去了。父亲倒是能理解她，不过最近他老人家总是一吃完饭就回自己房间窝着。

她的房间有六张榻榻米大小，从小学起就属于她了。她走进屋，打开书桌抽屉，取出一张装在文件夹里的纸张。

那是一张借据。爱美总共问她借了一百万日元左右。一开始还是五万、十万、三万地借，统统加起来也不算什么，写在这份借据上只有她领到夏季季度奖金后借给爱美的七十万日元。

爱美当时对她说，有了这笔钱就能完成一个大项目，也能把之前问她借的钱都还上。她说金额有些大，需要考虑一下时，对方还立了借据。这可是前所未有的做法，所以由香利松了口气，心想这下子总算能把钱拿回来了，而且她们俩也能恢复原本那种纯粹的友谊。

她一边把刚收到的蓝光光碟装入播放器，一边回想爱美说过的话。

爱美在酒店内部的咖啡厅里认真地看着由香利出示的借据，然后问她是不是缺钱用。从表情上看，对方似乎是打心眼里担心她。

横山窗花对着更衣室里那面有裂痕的镜子补妆。

她是后勤科的，基本上不穿制服，所以没必要换衣服，不过仍是更衣室的常客。因为她会把任何东西都往公司带，在这里放了很多私人物品。

由香利已经脱下员工制服，刚换回自己的衣服，就听到有人过来了。

"结果莲君说他每天吃泡面都行——"

财务部的佐佐木真夕和策划科的中岛希梨香闹哄哄地来了，她俩是同一批进入公司的，希梨香正大声谈论着自己的男友。

"希梨香你喜欢吃泡面吗？"

"喜欢啊，但是卡路里太高啦，而且不吃蔬菜对皮肤也不好。我已经不年轻了！莲君也是，如果继续掉头发可怎么办！——呀！由香利姐，窗花姐，你们忙了一天辛苦了！"

"二位辛苦了——对了，你俩去外面吃得怎么样？"

希梨香和真夕机械性地对由香利和窗花打了招呼，又继续自顾自聊了起来。希梨香从更衣柜里取出了大大的化妆包，真夕则开始解制服扣子。

"那也没法每天都出去吃啊，结果还是只能由我来做饭。最近我都考虑去上个厨艺课了。"

"希梨香你去学做菜？"

"怎么了？你想说我不行吗？——哟，有好东西！是客户请我们吃的吧？我能拿一个吗？"

希梨香坐在沙发上，一边对着化妆盒补妆，一边向桌上伸出了手。虽然窗花不会说不行，不过她姑且还是得打声招呼。

桌上放着一盒从名店买来的点心，盒子上还用隐形胶带贴了一张印有花朵图案的便条，上面写道：

这是客人送给女同事们的最中。

大家请享用。

宣传科 室田千晶

更衣室里经常会放有客户送来的礼物或者点心，由香利和窗花方才就看见了，便一人拿了一块放进包里。

"请用。我刚刚也拿过了。"

"太棒了！我好喜欢这个！真夕你也吃一个呗？"

"好的好的！"

"那我们先走了。"

由香利和窗花留下两位后辈，一起离开了更衣室。

她和窗花都在总务部，关系很好，只要两人时间凑得上，就会在下班后一起走到车站。

"最近可可变胖了，我去给它买新的狗狗衣服，但都没有看到可爱的，结果只好自己动手做啦。"

现在已经过了晚上六点，各家公司的员工们都下班了。在去车站的路上，窗花喋喋不休地说道。

她个子小小的，长着一张娃娃脸，就像是个少女；她很擅长做手工，身上的长裙和缀着荷叶花边的女士衬衫好像也是自己缝制的，还给由香利送过亲手做的化妆包和纸巾盒。在工作上，她也会接下各方的杂务，因此深受年长男同事们的喜爱。

"你不用纸样也能给可可做衣服吗？"

"我很会做这些呀，看照片、做设计，然后缝出来就很合身啦。"

"不愧是你。"

由香利随意地附和道，心里却想着窗花应该不会觉得不安吧。

希梨香刚才的话让她心焦。她知道希梨香正和未婚夫同居，但对方要去上厨艺课这一点给她的打击很重。

她不知道为什么会这样。既然连希梨香那么花里胡哨的姑娘都要去学做菜，那如果她自己也想去，尽管去学就是了。

但她没有这么做的必要。她家有母亲做饭，她从未考虑过为了让喜欢的男人不再掉头发，自己能做些什么。

她还在思考到底怎么回事。自己是个认真的人，从不吊儿郎当、瞎玩瞎闹，从不让父母操心，总是踏踏实实地过日子，可却为什么没有这种体验呢？明明比自己小上一轮的姑娘都经历过了。

她也不知道窗花有没有恋人，想不想结婚。她们多年来几乎每天都在一起吃午饭，不过从不聊恋爱话题。

——窗花小姐，你不结婚吗？

冲动之下，她几乎想问出口，但果然还是觉得不妥。

怎么都不妥，毕竟她已经四十岁了。

尽管她俩平时会像同龄人一般聊天，但窗花还没到三十五岁。要是窗花承认想结婚，那么她是说不出自己同样有这种意愿的；如果和窗花一起去参加相亲派对，男士们肯定净是往娃娃脸的窗花身边凑，届时那场面可太凄惨了。

能够直白地说出自己正在为结婚而努力的，也只有年轻的小丫头了。

"我去一下站前大厦哦。"

在进入通往车站的地下道前，由香利开口了。

"哦，好的，明天见啦！"

窗花轻松地挥了挥手，往地下道走去。

由香利目送着窗花，过了一会儿，她便开始往回走。

天色已经黑了，即便和认识的人擦肩而过，别人也认不出她来。她从后门进入公司，又到了位于一楼的女更衣室。

室内空无一人，不过就算有人在，她只要说忘了拿东西，然后迅速离开即可。

那盒最中点心仍在桌上放着，就和她离开的时候一样。那张印花便条也依然贴在盒子上。

这是客人送给女同事们的最中。

大家请享用。

宣传科 室田千晶

——千晶很想转正，听说还会拜托皆濑织子分一些事情给她做。明明只是个展厅接待员。

——不久前她还在公司里到处晃悠，派发护手霜的试用装，拼了命讨大家喜欢。就像她在之前的讲习会上活泼地做着自我介绍时那样。

有只罐子摆在更衣室的一角，里面装有文具产品。由香利打开它，从中取出黑色的马克笔，在印花便条的空白处乱写一气。

↑ 你好拼哦（笑）

然后她顺手从包中取出那管试用的护手霜，里头还剩下约一次的用量。她打开盖子，把整管试用品往桌上扔去。

然后她急匆匆地离开了。

——室田千晶不过是个临时工，还装出一副正式员工的样子，装模作样地说什么"传媒"，真是愚蠢透顶！

天已经完全黑了，由香利快步走在夜路上，心中涌起一股满足感。

——至少我是天天股份有限公司的正式员工，不会像千晶那样撒谎。就算不巴结上司、不拼命想法子结婚也能活下去！

这么一想，她爽快多了。

包中的手机响了起来。

由香利吓了一跳，伸手从包口探进去，摁住了手机。

她最近开始使用配对软件了，这正是那个软件发出的通知提示音。原本会给她发邮件的基本上也只就有她的家人和爱美。

"但我觉得这也是没办法的，由姐你是公司职员，当然会有收入啊，不过我可是经营者，没法简单地把钱挪来挪去的，肯定得考虑一下支出的优先顺序。"爱美在由香利身边淡淡地说道。

她们在中野一家租片店里，这种店子现在已经很少见了，内部有些昏暗，墙上贴有褪色的海报。她是十年的老熟客，每当不想待在家里的时候就会晃过来，看着那些稀有的电影的标题，就能静下心来。

在这里也不会见到熟人，而看到携友而来或携家带口的客人时，她亦不会觉得如坐针毡。

爱美是她第一个带过来的朋友。在她们认识一个月左右时，爱美缠着她提出想来看看。她说店里一点都不好玩，却还是没能成功拒绝爱美。结果她提心吊胆的，不过爱美倒是饶有兴趣地表示这里真像她所说一般，有各种各样的电影，而且很高兴能见到她私下的一面。

她也很高兴。爱美这么漂亮的人能够夸奖她不为人知的兴趣，还能为她感到开心。而就在当时，爱美又不小心对她透露自己的公司经营得很艰难，拿不出明天要划出去的五万日元，于是她便立刻取钱借了出去。

她还把电影DVD借给爱美，可对方并没有愉快地观赏，她是在拿到夏季的季度奖金后意识到这一点的。

今天，爱美久违地约她去那家租片店。

对方注意到她最近都不太想去相亲派对了，也不乐意出去玩。

"成年人之间的友情是需要维护的。"回想起爱美在讲习会上说过的话，由香利的心情有些失落。

她不想在眼下的场合谈论借款，然而这个问题又或许只能趁此刻说通，毕竟在酒店内设的咖啡厅或者饭店里，她无论如何都没法违逆爱美。

"可我、我也在尽力拼搏啊，我从不觉得我拿到工资是理所当然的。"

"由姐你已经很努力了呀，这一点我非常清楚。所以我也不愿说这种话。其实我是想给你钱的，但做不到的事就是做不到。"

爱美居然把"还钱"说成"给钱"。

听了这番话，由香利才意识到自己真是个不谙世事的上班族，而年纪比自己小却在艰难的世道里存活下来，同时还经营着公司的爱美无疑才是了不起的、正确的。所以她好像不是在问爱美讨回借款，而是在拜托她给自己钱。

她想到了——爱美的话就是魔法之笛，只是这笛声的后劲有些持久，直到她回家后才意识到问题。

爱美那张动人的脸蛋十分小巧，几乎只有她的一半大。她在店里时，曾拼命直视着爱美的面孔，说道："所以我才说求你了啊，小并！"

以前碰面的时候，爱美多少还会还她点钱。如果要债要得太突然，爱美总说一下子拿不出那么多，不过若她说"几千日元、一万日元也行，我来付茶钱也行，反正现在钱包里有多少现金就先还多少"的话，爱美又会一脸不可思议地从钱包里取出三张万元纸钞，默默将它们放在桌上。

每到此时，由香利就会对爱美道谢，而爱美也会回答说不客气。

回到家后，由香利花了一些时间去思考事情为什么会变成现在这样，但却想不明白。

最开始，其实是爱美拜托她的，还一副有所顾忌的样子；当听她说能帮上忙时，对方又会带着歉意道谢，并表示问她借钱很过意不去。她当时还说无论什么时候还钱都行，而由香利心里想着的则是：自己在爱美艰难的时候出手相救，那么对方应该会更喜欢自己，彼此间也会变得越发友好。

夏季的季度奖金有七十万日元，这是她最后一次借钱给爱美了。其实，她也差不多注意到爱美并不会如约还钱。

到这时，她们两人之间的强弱关系已经变了。由香利得放低姿态求爱美还钱，而爱美就拒不归还，说还不了。倘若由香利把话说得强硬一些，爱美又会露出既惊且悲的表情，于是由香利就时而成了缺钱的穷人，时而化身冷血的借款人，而爱美则是勤勤恳恳又饱尝艰辛之人，是优秀的女老板或者施恩者。

由香利没法把这些都告诉母亲，因为母亲肯定想不到她会如此失败。可她也没有能商量问题的朋友。

如果说些狠话，那么她八成会失去爱美。对此，她是无法忍受的。毕竟爱美是她的朋友，会倾听她所说的话。没错，按说就是这样的。只要不谈钱，只要按爱美所说借钱出去，那么爱美便仍会是一位温柔美丽而又值得信赖的令她自豪的朋友。

和爱美相处，便能获得各种体验。她们会一起去六本木的酒吧喝酒，还会一起参加银座的派对。这让她感觉自己也是一名英姿飒爽的职业女性。

——莫非这在爱美心中，这就能抵债了吗？

"我也很为难呀……但如果你把工作交给我来做，要我借钱给你也行。"

爱美漂亮的眉头紧皱了起来，叹息着说道。

——"借"？"借给你"是什么意思？该说"还"才对吧？

"工作的事我们另说吧，现在已经没有新的活了。"

"那么我就不会再付更多钱了，真的很不好意思啊，由姐。不过既然你这么重视工作，我倒觉得你可以去问自己的同事借。"

由香利瞪圆了眼睛，为什么她把钱借给爱美，却还非要问自己的同事借钱不可？有这种道理吗？

"所以有想要的东西也只能忍着不买啦，人生在世就是如此，我认为大家也都是这样过活的。如果想要什么就买什么，那可没个尽头。"

——我早就明白人生不可能要什么有什么啊。

——不懂忍耐的是小并你吧？总是穿着看上去就很高级的套装，吃法国大餐，每次见面都换不同的美甲。

不过爱美施了魔法，结果由香利才是任性的那一方。

"但是小并你……和别人不一样啊。"

"我也一样。在你眼里我可能过得很奢侈，但这都是工作需要，实际上我可没你看到的那么轻松。"

"小并啊，无论如何都不行吗？"由香利嗫嚅着。

爱美有很多必需品，所以反而是不缺钱花的由香利不该这么催债吗？是由香利太吝啬了吗？

由香利想起来了，造成她这种想法的还有其他原因。

是因为她的妹妹真纪。真纪在经济上遇到了困难，而她却还有余力。因此她理所当然就该帮帮真纪，不然就是小气冷血，哪怕真纪过得比她更幸福。

况且她还能见到可爱的外甥和外甥女，这就是在偿债了。这套理论有什么破绽吗？

她陷入了沉默，爱美似乎有些生气。

"所以啊，要是由姐你需要钱，那就自己去想办法，不要全都指望我，你明白我说这些话的意思吧？"

爱美的语气从未这么激烈过。

由香利总觉得有些不对头，然而却说不出话。

她默默地凝视着爱美，随即注意到对方背后有张熟面孔，这让她吓了一跳。

那张脸被深蓝色的围巾包裹着，正惊讶地望着由香利这边。

她是天天股份有限公司财务部的姑娘，姓森若，全名叫作森若沙名子。

——为什么她会在这种地方？

爱美注意到由香利的视线，转回头望去。由香利则不知如何是好，只能条件反射般地低下头，沙名子也回了一个低头礼。尽管这么做令双方都倍觉尴尬，可就是抵不住经年累月养成的礼节习惯。

"我其实已经是个大叔啦！"

"今年四十四岁（^0^）"

"虽然只是个打工仔（哭了），不过因为单身的关系，我真的很会做菜！"

时间来到了十二月。

年终岁末，员工们也都慌慌张张的，除了圣诞期间打响的商战、正月的报税工作，还要给社会招聘的员工办理入职，连总务部的办公桌都乱七八糟的。

由香利坐在桌前，往膝盖上铺了一块格纹毯子，同时愣愣地回想起了前几天发到她手机上的信息。

收到信息时，她正在和爱美见面。而且发信人果然是通过配对软件找来的。

她在几个月前开始使用这款手机软件，尽管并未抱有期待，不过有个自称喜欢恐怖片的男性出现了，他俩便交换了联络方式，渐渐聊了起来。

她心里是高兴的，但也很不安，于是在短信里把自己的年龄告诉了对方。

之前她也对别人自报过两次年龄，而之后就再也没有收到过回复了。原本的心情越快乐，遭到背叛时就越受伤。还是尽快有个了断比较好。

可没想到，他也把年龄给说开了。

——四十四岁的打工仔啊……

他的兴趣是打扮成丧尸玩，也就只有他会不时来找由香利说话了。在相亲派对上可没有人会这么做，而且他还是单身，这么看来条件又好了些。

用"条件优劣"来把人归类是随着她着手找结婚对象开始出现的坏习惯。

而别的男人肯定也是这样来对她打分估价的。因此她虽然参加爱美主办的相亲派对，但却不会对婚介所特别上心。

"平松小姐，关于这份请款书，我有些问题想了解一下。"

由香利刚把这些不快的事从脑海中驱逐出去，开始继续工作，就听到有人叫她。

她停下手里的活计，发现来者是森若沙名子，便筑起了防线。

今天中午前，她带着请款书去了财务部。

请款的内容是传真机租赁，总共三台，拟在公司内部使用，机器由爱美的公司——South & Star股份有限公司提供。

爱美说过如果委托她办些新业务，她就还钱。由香利便打算赌一把试试，在自己力所能及的范围内把工作分派给她。

财务人员有时确实会来到其他员工桌前，确认一下对方提交上来的报销单或者请款书。

沙名子也和由香利一样，穿着蓝色的员工制服。她是个美女，不过非常稳重，甚至有些男同事说她太较真了，很吓人。

由香利看着沙名子，心中仿佛有股焦灼感。她二十八岁时也是这个样子，任何情况下都认真工作，觉得没有朋友也无所谓，自己一个人也无所谓，还认为那些拼命奔着结婚去的同事们都挺莫名其妙的。

"冒昧问一句，平松小姐你和这家公司的社长，也就是三并爱美小姐有私交吧？"

沙名子走形式般确认了一下请款书的内容之后，便单刀直入地提问了。

"有私交？"

"是的——平松小姐，我们上周日在中野的DVD租片店里碰上了，对吗？我想当时和你在一起的那位女士就是三并小姐。"

沙名子说起话来完全不顾及对方的心情，放在爱美的礼仪讲习中简直是个差生。

——原来如此，她发现了。

由香利的后背感到一丝凉意，但也心生佩服。

——我们之间丑陋的争执被她听到了啊。那么作为财务人员，应该是会感到不安的，担心我是不是陷入经济纠纷了。她大概还把这件事和这份请款书联系起来了，不过确实如她所想。毕竟她是个优秀的财务人员。

"租片店？什么租片店？那天我一直待在家里啊。"由香利佯装不知。

她没必要去解释自己和爱美的关系。她只是找了一家新的合作公司来租用设备。如果她会对此产生愧意，那么一开始就不会把请款书提交给沙名子了。

她和沙名子对视了一会儿，对方清澈的双眸正诉说着"我全听见了，我全都知道"。

"好的，可能是我看错人了，这份请款书也没有问题，占用你时间不好意思啊，平松小姐。"

"拜托你了，森若小姐。"

"平松小姐！森若小姐！"

沙名子正准备返回财务室，却听到后勤部办公区的入口处传来了招呼声。

原来是室田千晶过来了。她穿着深蓝色的半身裙和打着蝴蝶结的粉色女士衬衫，波波头顺顺滑滑的，胸前抱着一摞文件，就和由香利在讲习会现场看到她时一样，有种天真清纯的感觉。

由香利再次感到自己不擅长应付千晶。即便对方是个率真开朗的姑娘，她也总是会竖起戒心。

"室田小姐你好。"

"你们好呀，你们这是有事要谈吗？我会不会打扰你们了？"

"没关系，我们刚说完。"

"那太好了！对了，其实展厅已经布置成圣诞风格了，还放了一棵冷杉树，不过它很小啦。大家做一份调查问卷就能抽奖，虽然奖品只是些泡澡粉、肥皂、抽纸之类的，但大奖可是护手霜哦。"

"员工也可以抽奖吗？"

沙名子苦笑道，和由香利相处时她并不曾露出这样的表情。

不论在聊什么，凡是有千晶在，现场的气氛就会明朗起来，沙名子应该也有这种感觉。

"不行，不过客人们可以抽哦，如果你们有客人，我觉得可以带他们来看看呢。"

"客人们是不会来总务部的，不过展厅就不一样了。"

由香利说道，话里终于带上了一点讥讽的意味。

"说的也是，所以我只是保险起见来通知一下，就算没有客人过来，各位有空的时候也请来展厅看看！对了，森若小姐，装饰物的费用我已经提交给织子姐了，她大概会在近期处理的。"

"好。"

"那我先走了——哦，还有啊，平松小姐，下次的活动我就不参加啦，真抱歉啊，明明答应过你！不过我觉得我以后应该也不会再去了，这一点还是想跟你说清楚的。"

千晶看了由香利一眼，又干脆地多加了这么一句话。

由香利的手开始颤抖。

如果只有她和千晶两人，说这种话倒也算了，可当着沙名子的面多嘴什么？

"你们在说什么？"

"哦——没什么，抱歉。我先走了哦。"

千晶瞬间露出了一副"完蛋"的表情。

由香利觉得，千晶是和爱美聊过了。爱美会亲自去找自己欣赏的听众沟通，当时她也是这样来接近由香利的，而且她和千晶似乎很合得来。

——小并应该会拿跟我之间的交情做话题去找室田千晶聊天，然后邀请她参加下次的相亲派对，还给她免费入场券，对她说"千晶小姐你也一起来嘛，别太拘束了，我也就是想和你交个朋友"。

"那我也差不多告辞了。"

沙名子若有所思，跟在千晶后面离开了总务部的办公区域。

由香利在公司电脑上收到了爱美的电子邮件。

内容是谢谢她给了租赁传真机的委托，整封感谢邮件写得堪称范本，还表示明年春天的礼仪讲座也拜托她了。

尽管爱美之前暗示过，只要由香利给她新工作，她就会还钱，可邮件中并未提及此事，私下也没有发LINE过来。

由香利心想果然如此。反正租传真机又不是什么出风头的工作，这封邮件的言外之意就是爱美她并不怎么高兴。

沙名子作为总务部的对接负责人已经看过请款书了，她暂时保留了申请，还没有流转给财务部部长。

由香利思索着——如果沙名子是她，这时会怎么做呢？

说到底，如果沙名子和爱美认识，在爱美提出要借钱的时候，她又会如何应付？

假如喜欢的朋友遇到了困难，而自己又有能力帮她一把，那么在这种情况下，人都会想要温柔地对待他人，也希望被他人温柔以待。于是每当此时，爱美都会吹起魔法之笛。

由香利盯着爱美的邮件看了一会儿。

她沉思片刻，随后下定决心写了回信。

"很遗憾，传真机租赁请款书没有通过审核。"

"我之前确实口头拜托过你，不过抱歉了。"

"详情还请咨询我司财务部的森若小姐，她负责对接总务部的财务工作。"

——我这么一写，小并看了应该会去找森若小姐。毕竟她很喜欢和那些在组织中握有决定权的女性对话。

——森若小姐是治得了小并的，她估计不会被小并唬住。

由香利觉得沙名子八成知道自己在努力找对象，不过她并不介意，反正只要问过千晶就全明白了。

由此，她突然想起一件事，便在邮件末尾又补上了一句：

"明天春天的礼仪培训也不再委托给贵司了，还望知情。"

她调整了一下行文的格式，点击发送，然后整个人都神清气爽的。

——我一开始就该这么做了，犹豫个什么劲？大家都说原先负责给我们公司做礼仪培训的那位男老师更好。

——已经够了，她不把那一百万日元还我也行。

由香利的眼泪涌了出来。她想起和爱美一起去六本木的酒吧喝酒，爱美四处挑选适合她的连衣裙，还有在中午一边吃鹅肝酱一边谈起她对家人的复杂感情。此外，和爱美公司的另一位经营者（大概是爱美的恋人）聊天也很开心。

她染了头发，穿上粉红色的连衣裙，结果意外发现这个造型其实很适合自己，在听人说"女人四十一枝花，什么都做得到"时，也拥有了当之无愧的自信。因此她虽然屡战屡败，却仍在继续挑战，以求觅得伴侣。

多亏了爱美，她才能有所改变。她原本真的很喜欢三并爱美这位令她引以为豪的朋友。

——谢谢你。

由香利启动财务软件，删除了South & Star股份有限公司的客户编码。

她又打开了请款书的模板，开始重新做文件。

传真机是一直要用下去的，所以和租借多功能复印机的那家公司增加一项合作即可，之前提交过的那份请款书反正还卡着，她必须趁此期间重新提交一份。

包中的手机开始响，是爱美在找她。

她无视了手机声，默默地写着新的请款书。

"谢谢你发短信给我，我是丧尸哥！"

"我就觉得咱们的年龄还挺合适的，真是太好啦！"

"如你所言，我的父母都上年纪了，所以要说我没烦恼其实是假的。"

"但是我也只在烦恼的时候才会郁闷，平时还是做点开心的事就好，我是这么想的啦。"

"对了，这是我的照片，没有美化过哦！"

"由香利小姐，如果方便的话，能请你也发一张照片给我吗？"

"你好，我是由香利。"

"这是我的照片，不过是征婚时候用的，所以稍微去除了一点皱纹。（笑）"

"现在正在减肥呢。"

"要是你觉得还行的话就请告诉我吧！"

那位四十四岁的打工仔男士——"丧尸哥"给她发来了照片，他长着一张圆脸，戴着眼镜，是个极为普通的中年男子。图中的他靠着一张黑色的沙发，手拿一份丧尸电影宣传单，面带笑容，看起来很是快乐，就跟在短信里给人的感觉一样。

虽说和这样的人交往确有自暴自弃之嫌，但无视对方就太失礼了，于是由香利也发去了自己的照片，可对方暂未回复。

其实他回不回都无所谓。约莫一年前，由香利在爱美的建议之下开始参加相亲派对，可其实她并不清楚自己喜欢什么类型的男性，甚至不知道自己是否真心想结婚。

她在自己的房中换上了一条崭新的连衣裙，蓝白配色很是清爽。

今天有一场相亲派对，男性的参加条件是在东京工作的公司职员或公务员，而女性则不能超过四十岁，她正好卡进标准线。

"妈妈，我出去一下。"

她比平时更仔细地化了妆，戴上刚买的耳环和项链，走出房间，向待在客厅里的母亲打了声招呼。

她的母亲香保子正在看电视，闻言便望向她。

"晚饭呢？"

"你们先吃吧，我可能会晚些回来，到时候家里有什么就吃什么，不用特地帮我准备了。"

"你也别再继续参加什么相亲活动啦，反正已经找不到对象了。"

由香利原本正在往玄关走，听到这话，停下了脚步。

母亲来到客厅门口，将手搭在门上，愣愣地看着她。

"你怎么知道的？"

由香利问道。尽管她故作平静，但声音仍在颤抖。

她也是有自尊的。就算是亲生母亲，说起话来也不该无所顾忌。

"我们生活在一起，怎么会不知道呢？"

母亲的语调里有种微妙的温柔感，仿佛是在安慰她似的。

"你还有什么不满意的？天天股份有限公司是家好公司吧？薪水也不赖，你能一直干下去。妈妈的朋友们都很羡慕呢，说可以和女儿住在一起可真好，所以你不结婚也没事啊。"

"就算妈妈觉得无所谓，可我不！"

由香利一口气说道。但她觉得这么说话太幼稚了，仿佛自己不是四十岁，而是个十岁的小女孩。

　　她无视了母亲接下来的话，走过玄关，穿上一双平时不会穿的鞋子。由于绑带设计在脚踝后头，穿鞋还花了她一点时间。

　　"由香利，你已经注意到爸爸的情况了，是吗？"

　　母亲的口气一下子变得可怜兮兮，这是对可靠的长女说话时的态度。

　　"不知道！"

　　"我们家就靠你了啊，你明白吧？我准备在去真纪家之前先带你爸上一趟医院，希望你能陪我一起。"

　　"我才不管！"

　　她终于把鞋穿好了，随即拿过包就出了家门，看都没看母亲一眼。

　　——"自己的人生只能由自己决定。来，踏出第一步吧！"

　　——"别听那些拖你后腿的人说什么，和支持你的人、崇拜你的人做朋友！"

　　——"为此，你也要支持你的朋友、崇拜你的朋友！"

　　由香利站在相亲派对现场的一角，想起了爱美的话。

　　自我介绍环节已经结束，现在进入畅谈时间。参加者们要是有想进一步沟通的对象，可以去向工作人员提出，由工作人员安排双方对话，但在场没有她想与之交流的异性，所以她并未报上任何人的姓名。她不是那种容易陷入恋情的性格，没法轻易对人动心。

　　她觉得责任不在他人，这是她自己的问题。因为她的人生是由她本人决定的。

在她二十八岁时，朋友介绍了一位男性给她，他们交往了两年。

对方既没有多优秀，也没有多受欢迎，可是她很喜欢他。他当时在东京的一家建筑公司上班，不过他说自己总有一天要回九州老家去继承家业，如果他们结婚，她就得跟着去九州，不知她是否可以辞职。

天天股份有限公司在九州也有营业点，她调查了一下，发现工作地点离男友家很近，只要能顺利调过去，那么她就不必辞职。他对此也很高兴，说她可以继续工作，真是太好了。

她觉得那些话就是求婚。

只有母亲香保子对此感到不悦，拉着一张脸说自主经营户很不稳定，好不容易在这里找到工作了，何必去九州；还说要是对方是东京人就好了。

就在母亲这么唠叨的同时，妹妹真纪结婚了。由香利没能开口说希望男友去见见自己的父母，只是反复和他吵着没有结果的架，谈婚论嫁的事也作罢了，由香利被甩了。尽管妹妹的丈夫也不是东京人。

在他之后，她还遇到过一个人——

大约五年前，公司更换配电系统的布线时，来了一位师傅。

师傅说想看一下公司的电线是如何排布的，她便带着他去了地下室。他是个资深老手，在他进到深处查看时，她就在配电盘边上等着，和对方共处了三十分钟左右。

那是个木讷的男人，可一旦聊起来却意外健谈，或许是因为彼此都身处在一片黑暗之中吧，连她也难得说了许多话。

她发牢骚说自己很不擅长安装家电，连电视机的设置都搞不定，而对方却说可以上门帮她处理那些问题，只不过她好歹是有丈夫的人，不知是否有这必要。

她笑着回答说自己还单身。

"这样啊？我也单身哦，但我很想结婚，想要孩子，而且我其实挺爱干家务的。"

"原来如此，可你看起来有女朋友。"

"才没有。我要求也不高啊，结果就是遇不到合适的。"

"是吗？"

"我三十五岁了，对方年纪比我大也没关系。啊，当然了，平松小姐你肯定比我更年轻。"

"你是这么看的吗？"

——怎么想起这件事来了。

由香利像个旁观者一般，一边打量着整个派对现场，一边思考着。

她已经不记得那个师傅的长相，可却觉得他比在场的任何一名男士都棒。她还想再和他多说些话。

他们当时只聊了三十分钟而已，这就将人家看作"第二个男人"也太冒昧了。然而她忘不了他，每次参加相亲派对时都会想起他。

——难道那时候我该半开玩笑地回一句"你看我怎么样"吗？只

要不怕丢人，之后也能再相互发发短信。

她想见他。但实际上，她想见的是当时的自己——她想告诉当时的自己：有人很看好你，觉得你很有魅力，会来追求你。她想与当时的自己成为朋友，为自己的幸福加油鼓劲。

她突然产生了一种不再急于寻觅佳偶的想法。

——在找对象之前，我应该要先做自己的朋友。

而此时，在场男士们的眼神突然活跃了起来。

有个方才并未参加自我介绍环节的女性进入了活动区。

由香利立刻便发现对方是森若沙名子。

沙名子穿着短裤、靴子以及高领针织衫，身材苗条，非常醒目，在场的女士们稍微有些不悦，而男士们则开始对她"打分"。

她环视全场，目光中透着怯意。按她在公司里的表现，根本看不出她这么笨拙。

——她肯定是头一次来这种地方。要是真不想惹眼，那就该和大家一样穿件配色清爽的连衣裙或半身裙。

她看了一圈，终于发现了由香利，仿佛松了口气一般朝她走去。

"我果然还是最喜欢欧比旺·克诺比……再也没有遇到过比他更好的人了。毕竟我从小学就开始喜欢他了啊。第二喜欢的是JOJO和罗利。"

沙名子说话时的表情非常认真，面前的皇家奶茶已经放凉了。

　　她的声音就和在财务室里说"这里弄错了，请你去修改一下"时一样，虽然由香利极少会填错报销单。

　　她俩现在正在车站前的家庭餐厅里，摆在由香利身前的咖啡杯则已经空了。

　　沙名子之所以会来这个相亲派对，是想确认由香利和爱美之间的关系及两人是否存在金钱纠纷。而她们转移阵地至家庭餐厅，则是为了看由香利和爱美之间的对话往来记录和借据的照片，以阐明由香利在整件事中都没有问题。

　　其实由香利一开始只打算解决上述问题，可当她得知沙名子也喜欢看电影之后，两人就不知不觉聊了起来。

　　"你说的欧比旺是指年轻的那个吧？从第四部开始登场的那个？"由香利在确认一些基本事项。

　　"我当然也喜欢亚利克·基尼斯[1]演的版本，不过提到欧比旺，在我心里果然还是伊万·麦格雷戈[2]所饰演的那位。"

1　"亚利克·基尼斯（Alec Guinness）"是一位具有传奇色彩的英国演员，有"影坛千面人"之称，曾获奥斯卡最佳男主角将，于1959年受封爵士，晚年的著名演出则是在《星球大战》旧三部曲中扮演了欧比旺·克诺比并凭此角色获得奥斯卡最佳男配角提名。——译者注

2　"伊万·麦格雷戈（Ewan McGregor）"是英国著名演员，曾在《星球大战》系列前传电影《星球大战前传一：魅影危机》中饰演欧比旺·克诺比。此外，本书第一个短篇中，沙名子提及的电影《天鹅绒金矿》中亦有他的精彩演出。——译者注

"嗯……欧比旺这人，太干净了。几位绝地武士里我更喜欢尤达，不过最喜欢的是达斯·西迪厄斯。"由香利抱起了胳膊，说道。

"你最喜欢的是达斯·西迪厄斯？不是阿纳金或汉·索洛吗？"

"我可太迷他那个逐渐变化的样子了。"

"那么平松小姐，你在《环太平洋》里也喜欢潘特科斯特司令官吗？"

"我喜欢'镰刀头'啊。虽然'尾立鼠'也不错。"[1]

"这样啊……原来你喜欢那些怪兽，我还真没考虑过它们。"

"我其实没看过几次《环太平洋》，又没买DVD。德尔·托罗执导的影片里，《潘神的迷宫》才是我的心头好，排第二的是《猩红山峰》。"

"我也很喜欢《猩红山峰》，你看过《新·哥斯拉》吗？"

"我喜欢它的第二形态。"

"我不是在问怪兽啦。"

由香利笑了，她好久没有这样发自内心地笑过。尽管现在滴酒未沾，可她就是没由来地觉得高兴。

女服务生撤下空杯时，顺便问她们要不要点些什么。由香利翻开菜单，点了巧克力巴菲，沙名子则要了一份水果巴菲。

1　"镰刀头（Knifehead）"和"尾立鼠（Otachi）"都是电影"《环太平洋》"中的怪兽，等级分别为三级和四级，其中"镰刀头"又译"刀锋头"，而"尾立鼠"是已知最强四级怪兽。——译者注

"由香利小姐,我是'丧尸哥'!"

"感谢你发照片给我,我觉得你看起来就很温柔,和我想象的一样!"

"我之前说过自己在打工维生嘛,但我本来其实是银行职员。"

"因为搞坏了身体,所以才离职的,不过最近又开始工作了。"

"而且往后也可以做自己喜欢的事情!"

"下周有个丧尸乔装派对,你愿意和我一起去吗?"

"想必会很好玩。"

"而且我已经是个大叔丧尸了,不会有危险的,你放心!"

"要是你不介意,我还会带上自己烤的饼干!"

"真是个怪人……"

由香利在山手线上收到了"丧尸哥"发来的短信。

她已经下班了,正搭电车回家,一边抓着吊环把手,一边盯着手机,口中不禁嘀咕出声。

他的短信里还附有一张照片,或许是为了证明自己所言属实。画面中的他坐在银行的办公桌前,穿着白衬衫,打了领带,面带笑容,目测是在三十五到四十岁之间,比他上次发来的照片要年轻个七八岁,下巴线条流畅锐利,额头窄窄的,发量也是现在的一倍。

她好像怎么都没法喜欢上这位"丧尸哥"。

她不知道他原本是不是在大银行里工作，然而四十四岁的大男人还参加什么丧尸乔装派对，不丢人吗？肯定就是因为这种理由，他才至今未婚。

——我该怎么办？

她很想找人商量一下，但现如今，她已经失去爱美了。

就在前几天，爱美往她的银行账户里打了一百万日元，还寄给她一封手写的信，上面写道："很抱歉这么晚才还你钱，还请随时联络我呀。"语气既温柔又周到，非常具有爱美的风格。由香利心想既然你有钱，那快点还我不就是了。不过此刻她的思绪有些混乱，于是不再去思考。

沙名子说千晶的嘴巴很紧，自己问了她是怎么和由香利认识的，但她就是不松口。看来上次她是不小心说漏了嘴，如果去找她聊聊天说不定也很愉快。

车身规则地摇晃着，由香利也随着惯性轻晃。她看向那个乔装派对的官方网站。

页面上，大家都打扮成丧尸，聚在一起看电影。会场会提供化妆服务，但衣服都要自己准备。这番"丧尸"聚集观看"丧尸片"的景象，真是颇有一股超现实主义之感。

由香利并不擅长缝纫活，不过丧尸的着装都破破烂烂的，制作难度应该不会很大。等到真做起来，就让窗花教教自己好了。她估计得吓一跳，可还是会动脑子琢磨"丧尸服"该怎么做才好。

　　乔装派对和由香利的父亲去医院是同一天，母亲香保子一脸严肃地跟她说过约到看诊号有多不容易。

　　由香利想起了这件事，便不动声色地集中听力。

　　但却再也没有听到带着魔法的笛声。

第四话

就算这样，我也太男孩子气了

中岛希梨香

希梨香总想着一件事，那就是——男孩子气的女人会吃亏。

男人都喜欢那种富有女人味的女性——比如，有些女人个子娇小、柔弱无力，嘴上说着"人家不懂啦""人家什么都做不到"，然后让男人帮忙提行李；又比如，有些女人会一边心怀怨恨，一边在男人面前装出楚楚可怜的样子，找他们商量事情。这些女人真令人火大，但也只有她们能够获得男人的爱，幸福地度过一生。

希梨香却十分男孩子气，做不到这么黏黏糊糊的。

在这一点上，她觉得男人可爽快多了。女人们凑在一块儿就只会相互敌视，而男人们则会相互包庇。即是说，女人们互为对手，而男人们则结成同伴。所以她和男性相处时反倒更安心一些。

她确实认为"男孩子气"很吃亏，但对此也无计可施。

"女人就是这么麻烦……"

就在新年刚过不久后某个工作日的晚上，希梨香敷着面膜，靠在客厅沙发上看着手机，脸上满是厌烦。

她在策划科工作，同科室有位叫作"仙田隆"的男同事，而他的女友现在正在LINE上给她发消息。

仙田的年纪在三十五岁上下，未婚，去年秋天起和她分在同一个小团队中，支持着她的泡澡粉相关策划工作。他们虽号称"团队"，但实际上也就只有三个人，而这位第三人正是全策划科（甚至可以说是全公司）能力最差的负累——马垣。因此真正干活出力的只有希梨香和仙田两人。

为了庆祝新泡澡粉上市开售，她和仙田去吃了饭。之前他们俩有时会在加班之后去小酒馆，不过这顿饭很有纪念价值，所以他们认真挑选店家，提前做好预约，去吃了希梨香之前就很想尝尝的法国大餐。

这件事被仙田的女友知道了，便向她发LINE以示抗议：

"我已经从阿隆那里听说了，你这么做让我很不开心，以后请别再这样了。"

希梨香也不是头一回遇到这种事，她的男性朋友很多，但他们大抵都有那种"很女人"的女友。

女人味十足的女性们是充满嫉妒心的，希梨香外表虽然是个女孩子，但内心很"爷们儿"——不，应该是比"爷们儿"更胜一筹，完全就是个大叔。所以在男人眼中，根本不把希梨香当成姑娘家。如果他们要和希梨香一起行动，简直和跟男同胞们出去时一样。不过无论她怎么说明，那些女友们都听不进去。

她只是和仙田吃了顿饭，他的女友就怀疑他花心，还大光其火。

　　"你们都交往五年了，就是因为你这毛病，他才一直不跟你结婚。而且谁要这种每次路过窗户都会对着玻璃看看发型的男人啊？"她一边自言自语，一边回复道："这话请对隆哥去说，是他约我的。"

　　她故意写了"隆哥"。

　　——仙田也真离谱，虽然不知道是谁泄露了这件事，但别随便就把我的LINE告诉别人好吗！

　　仙田这人确实挺会讨女人欢心，然而他在这种场合也总是容易得意忘形。作为社会人，和异性同事出去吃饭实在太正常了，更何况她对他完全没有一丝男女之情。

　　她敷着面膜，不停打字回复着LINE。这时她听到自己的同居男友兼未婚夫——越野莲打开了冰箱。

　　"莲君！不要吃我的雪糕啊！我还等着下次享用呢！"她一边看着手机一边对厨房喊话。

　　"你想吃就吃呗！"

　　"晚上不能吃甜的！"希梨香说道。

　　她和莲已经同居了半年左右，一不留神就胖了三公斤。

　　在他们交往还没多久时，莲就开口向她求婚，于是她直接搬到了他自住的2DK[1]公寓。由于同居生活是需要点滴适应起来的，一开始她

1　"2DK"指两间卧室、一间饭厅、一间独立厨房的房型。——译者注

都没法好好按自己的步调生活。而且莲很喜欢吃垃圾食品，再加上两个人都常加班，结果他们在饮食方面就非常对付了。

念书期间，她也曾不时就泡在男友房间里，那时候完全不会发胖。可现在她二十六岁了，年龄的增长真是十分可怖！

"那我明天再给你买——"

莲吃着最近很喜欢的雪糕，里面满是坚果。他一边说着"来一口嘛"，一边把雪糕伸过来，她便不知不觉咬了一口。

"希梨香你一点都不胖啊，再胖点都没问题。"莲笑眯眯地说道。

他最大的魅力就在于迷恋希梨香的全部。

此外，他吃饭总是很香，还是公务员。

头发变少了也好，肚子变大了也罢，这些根本就算不上缺点。他的长相论不上优越，不过只要不会让人感到生理性不适即可。

和她一起进公司的真夕憧憬着遥不可及的男性，但她完全没这种兴趣。不管多帅的男人，一回家都会脏兮兮的，只要过一晚上，胡子便长得拉拉碴碴。

莲在希梨香身旁坐下，吃着雪糕，调着电视频道。

她心想，幸好自己不是那种多事的女人，同时心中突然涌出一股爱意，一边看手机，一边用额头蹭了蹭莲的肩膀。

他刚洗完澡，身上散发着肥皂香，那是希梨香最近很喜欢的天天樱花皂。

"中岛，那款'健康水果满分'泡澡粉大受好评啊。"

第二天一早，希梨香刚把随身携带的东西放到办公桌上，村冈科长就来找她说话了。

"真的吗？"

"健康水果满分"泡澡粉是天天股份有限公司的"天堂洗浴"系列新品，今年才刚推出，由希梨香负责策划工作。

话虽如此，其实产品本身是公司前几年论箱出售的泡澡粉，如今只是换了名称、包装和香味。因为不算畅销货，所以策划科并没有抱什么期待，预算也不多，便直接交给进公司才第三年的希梨香来"翻新"一下。

而希梨香对它做出了大胆的改动，弃用一直以来不起眼的包装，以黑色和橙色为基调，设计了一款色彩缤纷的独立包装。

之所以采用独立包装是为了实现商品的零售，目标消费者也不是家庭主妇，而是学生和女性上班族。她还向销售科提出了尽可能将它们摆在化妆品卖场附近的强烈意愿。既然村冈科长不出力帮她，那她就自己来。

尽管其他制造商也有采用可爱独立包装的泡澡粉，"天堂洗浴"系列却能在品质上胜出，所有的生产原料都是医用级别的，只要一用就能明白个中差异，因此拼尽全力试一试果然是正确的。

"销售部出报告了，公司为了拓展销路，应该还会增产。这款泡澡粉的人气好像主要集中在初高中生客群里。"

"初高中生？这可真没料到。"

"据说是网上的什么艺人用了它，不过我也不认识。"

"那么'治愈茉莉悠然'泡澡粉怎么说？"希梨香一边心想"你不会去查查吗"，一边问道。

"好像销量也被带起来了。"

"其实我已经考虑了第二批商品，可以策划起来了吗？"

"这个还不好说啊，毕竟要兼顾各方各面嘛。"

"要兼顾各方各面"是村冈科长的口头禅。

他很不喜欢冒险，对开发室的人又过度尊重，在做新产品策划时也要以开发人员的意见为优先。一旦对他说搞开发的人不会去考虑包装或者卖场位置的问题，他就露出不耐烦的表情。

不过这次希梨香赢了。她琢磨着理念，在少量的预算范围内寻找符合要求的设计师，还和销售部、制造部沟通并听取他们的意见。而且最开始仙田还没有加入项目，因此在搞好主业——即肥皂相关策划之余，她几乎靠一己之力搞定了这次泡澡粉项目的各类事宜。

"早上好——"

就在她强忍着喜悦之情时，邻座的男同事也来了。

"啊，马垣先生，早上好。你听科长说了吗？'健康水果满分'卖得不错。"

希梨香说道。在仙田加入之前，马垣便是她在该项目中的搭档。

"太好了，那家设计公司在过程中一直胡搅蛮缠，事又多又乱，我还想怎么办才好呢，不过咱俩一起跨过难关了，还是很有意义的！"马垣也满脸堆笑，说道。

震惊之下，希梨香都有些颤抖了。

他口中的"那家设计公司"指的是她发掘到的小型设计公司——"Atelier Fives"吗？

对方之所以一直"事多"，折腾到泡澡粉开售，是因为马垣擅自过稿，结果害人家把已完成的设计推翻重来。

错的是自己这边的人，是马垣。可马垣却撒谎说那是获得希梨香同意的作品。她有责任必须让对方重新设计，为此，她去了那家设计公司登门谢罪，然后换了设计师，和对方一起从头来过。

而上门道歉的那天，马垣请假了，之后对方发来了意料之外的催款单，他也打算糊弄着让公司付钱了事。要是就这样一路发展下去，项目超出预算而销量又不好，那么负责策划的希梨香也会受到恶评。结果她只好重做请款书，甚至把后续工作也一并处理了。

希梨香在内部会议上直说无法再和马垣合作下去，村冈科长也大为头疼，可他最后并没有把马垣踢走，而是调拨了仙田过去，这下项目负责人就增加到了三人。

——真不该跟马垣说的。

高兴之余，希梨香忘了这家伙不干活却光会抢功劳。

"我不记得和你一起共渡过什么难关。"

"是吗……哟，早啊，仙田。你听说了吗？'健康水果'卖得不错。"

"真的？那可真让人开心。"

仙田正好来了，马垣便向他搭话。毕竟他不会回一些很强硬的话，应该比希梨香好相处。

"仙田你是中间加入的，所以可能不知道，我们原先可苦了，推项目的时候还和别人争执过。不过换包装果然能取得成功啊，我一开始就这么想了。"

希梨香听着听着就握紧了右拳，她感到自己的太阳穴都在跳。

这个策划是她的创意，马垣净给她添麻烦，还让她去和对方赔不是，讨论时也不出任何点子。别说策划科了，连全公司都知道这些事。

她正想把话说出口，仙田就用一句"这样啊"结束了对话。马垣脸皮之厚真能和"天天咖啡店"里炸虾的面衣媲美。

仙田应付着马垣时，偷偷观察着希梨香的表情。他知道马垣能力不行，也听过希梨香的种种抱怨。

马垣离开之后，希梨香开始竹筒倒豆子："真火大，他算什么啊，搞得像都是他自己搞定的一样，不觉得丢人吗？"

"真的。"

仙田表示了同意。

"如果公司决定要推出第二批商品，我绝对不让马垣先生进团队。不工作那索性辞职算了。"

"我也这么想——啊，科长在叫我，抱歉我离开一下。"

村冈在科长的工位上轻轻地对仙田招手。

待他走开之后，希梨香重重坐到了自己的座位上，点开网页。

"天天股份有限公司'健康水果满分'泡澡粉人气。"

她在搜索界面上输入了一些词条。

她还记得刚才科长顺口提到的话。

她想调查一下那个对初高中学生做了宣传的网络艺人是谁。如果可以，她还想让那人也试试"治愈茉莉悠然"泡澡粉。

"中岛小姐，我去一下'Atelier Fives'吧？"

希梨香还在网上搜人，一旁的马垣就开口了。他应该知道她心情不好，但并不在意。

"啊？为什么要去？"

"既然销量很好，我觉得去告知一下对方比较妥当。"

"也不急着现在吧？吉田雏小姐很忙，没事去找她只会让她纳闷啊。等第二批商品的策划做完之后再正式去委托她们。至于这次设计的成效就由我发邮件去反馈，并表示感谢。"希梨香说道。

"Atelier Fives"是一家设计师做派强烈的个体经营公司，负责这个项目的设计师名叫吉田雏，原本是位设计助理，这是她首次担任主设计师。她性格内向，因此当已经两清的客户来打招呼时，她也不会喜滋滋地接待。

马垣在大家讨论项目时总想着偷懒开溜，没事的时候却反而想去各处跑动，按村冈科长的说法，是因为马垣曾担任过销售人员。

村冈科长很包庇马垣，希梨香对此特别不服气，她甚至想说："你爱照顾他就自己照顾，别把他硬塞过来！"

几天后的一个傍晚，希梨香收到了"Atelier Fives"发来的电子邮件。

好久不见，我是"Atelier Fives"的吉田雏。昨天马垣先生特地到访，非常感谢。

第二批商品策划能定下来真是太好了。大概会在什么时候启动呢？能请你告诉我一个大致时间吗？近期如果能先讨论一下设计理念就最好了。

"仙田先生，吉田雏小姐发了一封电邮过来！"希梨香大声对仙田说道。

而马垣今天感冒休息了。

"电邮？我没收到啊。"

"因为我是对接窗口嘛。马垣先生都没跟我们说一声就跑人家公司去了，是吉田小姐告诉我的。她还问了第二批商品策划怎么说，你听到过相关消息吗？"

"村冈科长提起过，说是想往下做的，但还没动静啊。我估计现在正在和开发室谈呢。"

"那马垣先生凭什么说要跟人家设计师商量？而且他可是擅自去了'Atelier Fives'哦！"

"这么说来，昨天下午他确实外出了，目的地写的是中目黑。"

"这也就是说，自说自话外出，然后又夸夸其谈，跟人家吹嘘说第二批商品的策划已经定下来了？"

希梨香头都大了。

她要是知道有这一出，肯定会反对，所以马垣并没有把外出的详细地点写在白板上就走了。

她和"Atelier Fives"的关系并不坏，虽然曾发生过一次不愉快，但在更换设计师之后又缓和了起来。

新的设计师——吉田雏是一位二十多岁的女性，给人的感觉和希梨香想象中的设计师不太一样，为此她一度担心过。不过自己这边的人惹怒对方公司在先，所以她也不好拒绝。随即，希梨香细致地将策划理念对小雏作了说明，她俩相互吸取对方的意见，新包装的设计稿品质甚至超过预期。

这是两位工作经验都不丰富的姑娘合力完成的作品，因此希梨香很想把漂亮的销量告诉小雏，和她一同感受喜悦。

马垣在更换负责人、项目走上正轨后总算开始表现出积极的一面，会去看看人家的状态、送送慰劳品。他老是等麻烦事结束了才出动。希梨香很担心他没事跑过去会不会让小雏生气。

若第二批策划能定下来，那她当然也想委托给"Atelier Fives"来做，可事实是这事还没个定论，成与不成的可能性对半，现在行动为时过早。

马垣向对方说清现状了吗？反正光看邮件是没有。小雏则为自己的作品取得成功而感到高兴，而且认定了马上就要开始做下一份设计，现在正干劲满满。

"怎么办啊……吉田小姐已经很肯定会有第二批了。"

"是啊，怎么办呢？真是输给马垣了。"

仙田也看向希梨香的电脑屏幕。

"……行吧，我来回复邮件，如果她信了马垣先生的话，已经把档期空出来了，那我给她道歉。"

"你要不先问问马垣先生？"

"他说的话能信？"

她瞥向仙田，眼神十分严肃。

她在邮件里写明了第二批策划其实尚无定案。小雏好不容易打起干劲，她实在很不想泼对方冷水，可这也无可奈何。写到最后，她还不忘加上一句"我会努力促成计划的，一旦确定下来，肯定会拜托给你"。

"那家伙真是的，到底想干什么啊？！"希梨香在更衣室里边梳头发边说道。

下班后的更衣室里人头混杂，她不穿制服，没必要去换衣服，不过还是每天都会去报个到。

她会在这里重新把头发烫卷，把午饭时落在裙子上的细渣抖落，还会和女同事们交换新店的优惠券或者促销的情报，总之有许多事可干。

总务部的平松由香利在带裂痕的镜子前补妆。

"马垣先生又说什么了？"

真夕问道。她正在换衣服，穿上了牛仔裤、红色的针织衫和深蓝色的粗呢兜帽短大衣。她和希梨香明明是同一批进公司的，可她看起来还像个女学生。

"他都没跟我们打个招呼就自己晃去设计公司，还擅自跟设计师吉田小姐说第二批策划已经定了，却不承认自己有错，这可太气人了。之前明明被我制止过了，他怎么照样自作主张？最后他还是老一套说辞，说是我叫他去的。我才没讲过啊！"

"真是的，能把他踢出团队吗？"

"我提过了，不过不行。我真觉得整个项目就是我和仙田先生两个人扛下来的，只让马垣先生做过一点出去送东西的事。但他还很不满呢，说想干些像话的工作。"

"有阵子不是传说他要调动了吗？"

"是啊，是有过这么个小道消息，本来说好要调他去财务部的。"

"啊？不要啊！不行！"

"你看，跟你自己沾上边了，你也会拒绝的吧？据说你们财务部的新发田部长把这事推了。我们科室也真是的，如果村冈科长再靠谱点就好了……"

由香利说了句"我先走了"便离开了更衣室，人事科的玉村志保和策划科的相马绿进来了。绿和希梨香属于同一科室，不过她是个主妇，家里还有小孩子，所以她们聊不到一块去，并不算特别要好。

由香利和窗花一走，希梨香就压低了声音："我说，你不觉得由香利姐变了吗？"

"对哦，她剪头发了是吧？"

真夕穿着深蓝色的粗呢兜帽短大衣，对着镜子重刷睫毛膏。

更衣室的大门敞开着，美华走了进来。她是通过社会招聘进入财务部的。

"剪头发是一方面，不过她不是一直在为结婚而努力吗，怎么还会卷头发、穿粉红色的连衣裙之类的？"

"可能只是着装品位变了。"

"不，绝对是为了找对象。夏天的时候她还气势汹汹的，最近又恢复成朴素的样子了，而且总觉得她心情不错，是有对象了吧？都差不多四十岁了还能找到人，对方到底是个什么样的男人啊？"

"这还真是可喜可贺呀。"

真夕其实挺能聊的，只是不会乐于帮着散布小道消息，所以有点无趣。

希梨香锁上更衣柜，把钥匙放进包里，嘴里叽里咕噜的："唉——有女人味的女人就是占便宜啊，我太男孩子气了，总是吃亏。"

美华在希梨香背后"啪"地关上更衣柜门。

她把黑色皮革挎包背到肩上，慢慢回头。

"中岛小姐，我没觉得你很男孩子气。"她直视着希梨香的脸，说道。

她个子娇小，但背脊挺得笔直。披肩黑发润泽乌亮，穿着黑大衣，胸前的金项链闪闪发光。

——什么……

希梨香一时之间居然无法反驳，嘴巴一张一合的。就在她思索如何回嘴时，美华已经走了。

"那女人什么意思？她这说的是什么话？不过是个刚进公司的新人！"

希梨香叫了起来。

美华和真夕是同部门的，希梨香听说她是个坚强刻苦的人。

希梨香本以为真夕凡事都会力挺她，可当她看向真夕时，却发现对方正捂着嘴，强忍着不要笑喷出来。

相马绿的更衣柜不和她们连在一起，只见她慌忙别开视线，明显是听到了美华的话。玉村志保则带着淡淡的笑意看着希梨香。

"啊，这个……抱歉了希梨香，麻吹小姐为人很严格，我也没适应过来，和她相处确实挺不容易的。"

真夕好像这才反应过来，给她圆了场。

"这哪是严格？总有些话是不该说的啊！她还老是一身黑搭配金色，故意的吧？反正我们这点工资是买不起纯开司米[1]的大衣的！"

她强忍住了，没有把"女人就是这副德行"给吼出来。

——"女人"这种生物真是靠不住！只知道想着怎么拖人后腿，一有机会绝不放过，就连女性朋友都不会站在你这边！

"中岛小姐，我明白你的意思。"

"但是成年男女去酒店内设的餐厅吃饭就是会招人误会的。"

"这还真抱歉了。"

"如果隆哥已婚，我会考虑这方面的问题，但他还单身啊。"

"你又不是他老婆，谁知道你会来抱怨？"

"我不会再和他一起吃饭了，反正我又不缺男人。"

"你敢把这些话都说给你男朋友听吗？"

"我往你家寄了封信。"

"地址是从阿隆收到的贺年明信片上看来的。"

"你和男朋友在同居是吗？"

---

1 "开司米（cashmere）"即羊绒的俗称，以轻柔细腻保暖昂贵著称。——译者注

"要是你心里没鬼，那随便我寄什么都请你不要有怨言啊。"

"这和我的私生活没关系吧？"

"我之前不就说了是隆哥约我去吃饭的吗？"

仙田的女友真是太缠人了。

希梨香本想说"你有什么权力训我"，不过她估计不会服气，都已经过了这么些天了，LINE上的消息还越发越多。

莲知道她那天和同事去吃饭了（她说这是庆功宴，所以没有撒谎），但是如果被人说了些有的没的，那不管莲为人如何"佛系"，或许也会有点上火。

这下子只能直接让仙田去管管他的女朋友了。

"仙田先生，我有些话想跟你说。"

她拿着手机，走到仙田的办公桌前。

"什么事？"

"不是工作上的问题，我们找个没人的地方吧。"

"是吗？那去哪里好呢……"

"仙田！中岛！"

两人还在说话，就听见有人在叫他们。

是村冈科长，他止住了这场对话。

"你们真的和'Atelier Fives'起纠纷了？"

"纠纷？怎么回事？"希梨香眨巴着眼睛，问道。

"我听马垣说，负责我们项目的设计师以为很快就会有下一批策划，都准备起来了，结果中岛你突然发邮件跟她说不做了，闹得意见不合，气氛很差。女人都很情绪化，你得注意点啊。"

——又是马垣！

希梨香内心都烦躁了，但还是调整情绪，对科长说："是指吉田小姐吗？其实是出了点误会，我在邮件了跟她说明了下一批策划还没定下来，也表达过一旦正式敲定，就会委托她开工的。这毕竟是工作，我想她能理解。"

"你没去当面跟她说吗？"

"没有，这些事用邮件就能解释清楚。"

"可是她好像叫马垣别再过去了。"

"这是因为马垣先生没事还跑过去，打扰人家工作了啊！"希梨香说道。

她正好开着电脑，便把吉田雏发来的电子邮件展示给村冈科长看。

上面清清楚楚地写着："不用再来慰劳我们了，下次如果有事，还请中岛小姐你过来。"

上次委托吉田雏做设计的时候，希梨香告诉过她，要是这次成效良好，下次还会拜托她。而吉田雏也说她会提前打好腹稿的。此外，希梨香还抱歉说虽然还没法签新合同，但即使她手里还有别家的工作，也希望能优先考虑和"天天"合作。

她已经和吉田雏建立起了信赖关系，因此对方才会和马垣聊完之后立刻就给她发邮件确认情况。整件事并不能简单概括成"气氛变差了"。

"那就好。"

村冈科长没抓到证据，只能勉强认了。

"对方的设计稿评价很好，如果惹出乱子来就麻烦了，毕竟我们要兼顾各方各面。"

"你还真好意思说。"希梨香心想道。

村冈最开始还想沿用一直以来的温泉风格包装设计，是希梨香打破惯例，做了大胆的改革。而且自从吉田雏接手设计工作起，全盘负责对接的也是希梨香。

"已经决定要推出第二批商品了吗？要是定了，我可以立刻去找吉田小姐商量。"

"还没呢。"

"那就没法让她先画起来了，人家也有自己的安排。"

"我知道啊，所以才不想和对方起争执。你之前和那家设计公司出过麻烦吧？你登门道歉去了，还重写了请款书，以后做事得再周到点。"

"请等一下，这不是我的责任吧？本来就是马垣先生他——"

"中岛小姐。"

希梨香还在一个劲儿地往下说，仙田插嘴了。

她住了口。

只见科长已经面露不悦，闭口不言。

村冈科长是马垣在销售科的前辈，所以很袒护他。然而希梨香把马垣的过失和凡事爱逃避的毛病暴露在了整个科室面前，本以为科长会清醒一点，结果却并非如此。

"说得像是我的错一样，如果我那么空闲，我也想去'Atelier Fives'，得意扬扬地跟吉田小姐谈天说地啊。"村冈科长走后，希梨香还在嘀嘀咕咕地抱怨着。

"确实太过分了。"仙田表示赞同，"不过听科长的口气，第二批商品进度可能还蛮理想的，而且就算没通过，我们也能提交策划案试试。中岛小姐你有什么想法吗？"

"有啊，而且我已经在做草案了。"

仙田既然有兴趣，那可太让人庆幸了。希梨香从办公桌上取出文件，说道："在做'健康水果满分'和'治愈茉莉悠然'的策划时，我就想好喽，如果能上第二批，要做'清爽绿意'和'眷恋百花'。之前我们使用了橙色和紫色，那下次就换绿色和粉色。虽然是很简单的选色，但是颜色给人的感觉是很重要的。现在既然知道了消费者的年龄层低于预设，我就要开始搞市场调查了。"

"所以说，要把包装风格做得幼稚一点吗？"

"不，就是要继续维持成熟感。"希梨香说道。

看这架势是没法跟仙田聊聊他的女朋友了，不过眼前还是工作更重要。要是能和仙田一起推动策划案，那么村冈科长也很难反对了。

说着说着，她看到销售科有人来到了策划科的办公区。

来者是山崎——销售部销售科的王牌。他戴着眼镜，浑身都透出一股清爽感。

他略略扫视一圈，看准希梨香，便走了过来，随后非常自然地对她发出邀请："中岛小姐，现在能去一趟自由之丘[1]吗？KANNA小姐好像在那里。"

他口中这位"KANNA小姐"是网络社交平台上的红人，在初高中生之间很受欢迎。

只要搜索一下就能明白村冈科长随口提到的那个"网络艺人"正是KANNA。

她本人是一名二十岁左右的普通女生，有两万名粉丝在网络社交平台上关注着她。她的影响力并不算大，但她展示出来的快乐校园生活和关于时尚用品、美容用品、生活用品的测评都颇具人气。她上传照片时，会在脸上贴一些搞怪元素，玩法虽然普通，但总让人觉得她的品位很好。

今年年初时，她在网上发布了自己泡在热水里吃着橘子的样子，热水里加了"健康水果满分"，还附着感想："用了这个泡澡粉，真的会打起精神！"

---

1 "自由之丘"位于日本东京目黑区，拥有许多独具特色的杂货店、甜品店、咖啡店。——译者注

照片里只拍到她的脸蛋和手脚，不过毕竟是泡澡时拍下的，因此还是很引人注目，"健康水果满分"泡澡粉的销量与销路也是从那天开始增加的。

希梨香问过宣传科的皆濑织子，自己是否可以直接联系KANNA，结果织子对她说，互联网正是"天天"的软肋，有朝一日必须将它纳入全盘考虑。看来织子在想的是——反正宣传科也要尝试这个方向，那么希梨香的行动倒正好与他们的思路相一致。

既然得到了织子的首肯，那么就没问题了。希梨香在网络社交平台上给NANNA发去了私信：

"非常感谢您介绍了我公司的商品。"

"我公司想赠送您同款商品以表谢意，不知您是否方便？"

"如果可以，也希望您能体验我公司的其他产品。"

结果KANNA当天就回信表示拒绝，语气非常客气。

"这类委托我收到过很多了，但我基本上还是只打算介绍自己真心觉得不错的东西。"

"虽然我也确实想收到好多好多赠品啦。"

"我还是学生，所以就不对您公开个人信息了。"

"不过我会去用用看'治愈茉莉悠然'泡澡粉的哦。"

"谢谢你关注我的账号——"

这番应对十分周到而得体，可希梨香还是没法轻易妥协，只能祈祷对方要用新泡澡粉就赶紧用起来，而她俩之间的联系到此也就切断了。

她原本真是这么想的。

"从她发的照片上来看，她正在排长队呢。我们过去估计要花三十分钟。"山崎坐在驾驶席上说道。

他开的是他们都很熟悉的白色"玛驰"。这是公司的车，但上面没有写公司名称。希梨香坐在副驾驶席上，后座的纸袋里装有"天堂洗浴"系列的"健康水果满分"和"治愈茉莉悠然"两款泡澡粉各十小包，外加一袋日式点心作为礼物。

希梨香把自己尝试和KANNA接触但结果告负的事对同事们说了个遍，山崎大概也有所耳闻。他翻看了KANNA的社交账号，发现她现在正好在自由之丘的一家甜品店排队。

我和理奈在排队呢，要排多久呢？真想早点吃到里科塔乳酪蛋糕呀！

KANNA并未把店名写在网上，不过路名和店门还是略有入镜，再将这些和那家店的其他照片相比对，结果果然如山崎所说，她去的就是位于自由之丘的那家名店。

店就在希梨香可抵达的范围内，而且要把泡澡粉交给KANNA也只能趁这一趟机会了。

她在副驾驶席上凝视前方，心头焦虑——要是对方已经进店，那就没法搞"突然袭击"了。于是她暗自祈祷着，希望队伍不要动，希望排在前面的客人吃得慢一点，或者厨房里出点乱子也行。

"KANNA小姐是个怎样的人啊？她难得和朋友聚在一起，我却塞东西给她，要是搞得她反而不想试用了可怎么办？"

"怎么说呢，总之我觉得她挺喜欢引人注目的。"

"万一惹她烦心了呢？"

"那也没办法啊，只能道个歉然后逃跑啦！"

山崎哈哈大笑着，希梨香一句"你都特地跑来策划科通知我了，现在还笑什么笑"差点就要脱口而出。

"其实就算商品卖不动，中岛小姐你也不会怎么样，头疼的是公司才对。"

"我当然头疼，村冈科长接受新事物本来就慢，我好不容易才能做点创新。"

"你太男孩子气了，真吃亏啊。"

"真的！"

她边补妆边答道。虽然山崎就在边上，不过情况紧急，她也顾不上礼仪，只能直接在男士面前涂脂抹粉。因为在会见品位优秀的女性时，一旦被对方认为土气，那就全完了。

山崎开车非常稳当，希梨香哪怕坐在副驾驶席上都能画唇线。他对路线了然于胸，今天并没有刮大风，车子开得还是非常顺畅。他那握着变速杆的手掌格外大。

"太好了，KANNA小姐还在。"

山崎说道。KANNA排队的店就在大马路的岔道上，从十字路口便开始排起了长队。

"咦？还在吗？"

"嗯，应该是那个穿格子裙的姑娘，和朋友排在一起呢。还有几个人就轮到她了，你快去吧，我会等你的。"

山崎一穿过十字路口，就把车靠边停下了。他取过后座上的那两个纸袋，分别是泡澡粉和礼品——"山村世界堂"的最中点心。

在出发那会儿，光是准备泡澡粉就够希梨香费心了，根本没工夫去买礼品。她正犯愁呢，就在停车场遇到了山崎的同科室同事——山田太阳。

太阳明天出差，手里提着打算送给对方的最中点心。她说明了一下自己的情况，便把整袋点心都抢走了。要是这点心的外形再可爱点会更理想，不过现状也是无奈。

"山崎哥你不去吗？"

"我要是去了就会开始推销了，而且我觉得你是她看得顺眼的类型，所以别说太多为好。你的美貌才是最有说服力的。"

接着，山崎又不知从哪里掏出两块天天樱花皂，放入纸袋，交给希梨香。

"再捎些樱花皂给她，送完东西就发LINE信息给我好了，因为我会在这一带转转。"

"明白了。"

希梨香下了车，山崎没有目送她，很快就把车子开走了。

听人说起自己的美貌，让她稍微愉快了一些。

她快步朝队伍走去，同时盘算着该说些什么。本来还希望能从山崎那里得到些许建议，然而却事与愿违。可不开口说话又怎么能做销售。

从队伍头部起算，穿着红格子裙的女生排在第三位，她身边的那位姑娘似乎是她的朋友，但两人也许在等位时聊够了，此刻都默默地玩着手机。

"红格裙"戴了眼镜，不过看得出确实是KANNA。她本人比网络照片中更加苗条，而且有一股知性的气质。

希梨香下了决心，朝对方走去。

"您好，突然打扰很抱歉，我是天天股份有限公司销售部策划科的中岛，请问您是KANNA小姐吧？"

"啊！您就是前几天发私信给我的那位中岛小姐？"

KANNA的语调中完全没有被人打扰的不悦，可能是排队实在太无聊了。

希梨香松了一口气，暗自庆幸今天穿了带皮毛的灰色外套和连衣裙，而铠甲般的黑大衣就没有这种亲和力了。

难得收到了一次日式点心！

是山村世界堂的最中哦！

仔细看看还是做成地球形状的呢！好可爱，好好吃，我说不定会迷上它！配热茶一起吃最美味了。

希梨香在手机上看到KANNA更新了社交账号，还配了照片。

她好像很喜欢希梨香送的礼物，拿着最中点心比在脸旁，微笑着看向镜头。

——嗯，算了……比提都不提强一些。

——那家的最中点心很好吃，而她也说过产品好不好用得等用过之后再写。这次更新至少说明她并没有反感我的"突袭"，所以之后肯定也会提到我们公司的泡澡粉。

希梨香硬是说服了自己，然后把手机放在了桌上。

策划科全员八人正在公司会议室内围桌而坐，召开科室例会。

他们各自汇报着工作进展，希梨香已经说完了。

KANNA更新了账号内容是个好消息，她认为尽管自己只是把产品送出去了，但这也是一项成果，不过不懂网络影响力的村冈科长对此似乎毫不"感冒"，只注意到必须借助销售科山崎的帮助。

“汇报完毕。”

仙田也讲完了，现在还剩最后一人，会议的氛围开始松散，科长则若无其事地发问道：“仙田君，你经手的‘健康水果满分’泡澡粉销量挺好啊？”

“是的，茉莉款也卖得不错，我正在磨第二批商品的策划草案。”

“大概是个什么概念？”

希梨香皱起了眉头，因为方才轮到自己述职时，他可什么都没问。

仙田飞快地瞥了希梨香一眼，随即开口道：“我现在考虑的主题是‘绿意’和‘百花’，第一批用了‘水果’和‘茉莉’，同时分别以橙色和紫色为基调做了设计，下次就用绿色和粉丝如何？颜色给人的感觉是很重要的。我从销售科打听到，这系列消的费者年龄层低于预设，因此我想继续锁定这群消费者，目前正在搞市场调查。”

村冈科长点头认可，其他成员们也边听边表示赞同。

希梨香十分后悔把自己的创意和理念对仙田说得那么详细。

“相当不错，你考虑得很具体了，而且我听说设计师小姐也很有干劲，所以她那边怎么说？”

“我觉得没问题，她已经和马垣先生建立起了信赖关系。”

坐在一角的马垣一脸满足。他几乎不在科室例会上发言，完全没有存在感，这还是他第一次引人注意。

“原来如此——那么，可以做会签文件了，项目正式确立，就署仙田的名字吧。"

村冈科长还若无其事地加上了这么一句。

——咦？

策划科的科员们都看向希梨香，然后别开视线，而村冈科长根本看都没看她一眼。

"您是说第二批商品确定要上？"

仙田征询道，好像是要把话题接续下去。

村冈科长满足地颔首道："确定，开发室那边说已经了解需求了，所以请你也开始做吧，去联络那家设计公司，这次可别再出乱子了啊。"

"明白。"

"那么今天的会议到此结束，大家辛苦了。"

"请、请等一下！"趁同事们还没离席，希梨香叫了起来，"这个策划一直是以我为中心的，为什么突然交由仙田先生负责？您完全没问过我！"

希梨香说道。而大家都已开始零零散散地往门口撤了。

村冈科长不耐烦地回过头来："中岛，你一个人也做不来那么多吧？没事，反正第一批商品的报告书里也写了这项目是由你、仙田和马垣三人一组共同完成的。"

"马垣先生总在关键时刻缺席，而仙田先生是在策划都推进了之后才加入的呀！"

"我理解你的心情，但要兼顾各方各面嘛。你经验少，还是让仙田担责任比较放心。去年你不是也说过这种话吗？所以我打算顺你的意了。"

村冈科长反倒被她的反应给惊呆了。

她回想起自己曾在科室会议上给过马垣难堪。

当时，她当着全科人的面把话挑明了，说希望马垣对做过的事负责，撒谎和逃避是最差劲的行为，还说自己没法和那么不负责任的人组队工作。而马垣则垂头丧气，一言不发。

——科长还记得那些话吗？是想好了站在马垣那边，寻思着一有机会就一定要把我的话原句奉还吗？

"下一次就要把我排除在项目外了，是吗？"

"中岛，是你说想做第二批商品的吧？现在确定要上了，你不高兴吗？"

"我高兴啊，但不是我负责的话就没有意义了。"

"你不用想得那么严重，我本来就打算让你们三个人一起负责的。既然你这么有工作热情，那会签文件就交给你做。这你别推辞，最后署名写上仙田君即可，我希望你能和之前一样，辅助好仙田君。"

"您说'和之前一样'？"

"科长，这好像……不太合适吧？这个策划一直是中岛小姐在推进啊。"

主任级别的男同事须藤插话道。他没有离开会议室，而是站在原地，来回看着村冈科长和希梨香二人。

相马绿也站在他身旁，皱眉望向科长。她平时要带孩子，只能上短班，因此并没有被委以重任，和希梨香的交情也很普通，但科长的做法估计连她都看不下去了。

策划科总共有八名成员，其中女性三人。除了希梨香和绿，还有一名年过四十的女士，此刻也没有一走了事，目前正在门口附近朝他们张望，而另一名同事则和马垣、仙田一起走出了会议室。

"毕竟要兼顾各方各面。"

村冈科长快速把话放下就匆匆离开了。

"嗯，我也觉得这么做很过分。"

仙田抱着胳膊，表示同意。

会议刚结束，希梨香便找上了仙田，而仙田仿佛早就有预感一般，知道她会来说些什么，于是将她带到了没有人的楼梯平台。

希梨香握着手机和随行笔记簿，对准仙田发牢骚。

"真是难以置信，村冈科长居然打算把我们部门和设计公司之间的摩擦全都推到我头上！可他其实知道整件事的性质是马垣先生老拖我们后腿！好不容易做出了一点成绩，凭什么非要变成三个人的劳动成果？"

"确实。"仙田深深地点头道。

"科长绝对有情绪，他本来就对我的策划不感兴趣，而效果却又很好，他肯定不服气，索性就讨厌我了！"

"嗯——我觉得这倒不至于。"

"不然还有什么理由要把我从项目负责人的位置上撤下来？确实，我经验不足，但一直以来只能想出老土包装的不也正是那些所谓的'资深员工'吗？"

"你的成绩，科长心里有数。"

"知道还把我踢出去，所以我才说他是在发火啊！仙田先生你不准备写会签文件吧？我来写就好，麻烦你跟科长说一下。"

"确实，我也觉得由你执笔比较合适。"

希梨香背后一凉。

"不对，不是让我执笔的问题吧？那不是我的策划案吗？和设计公司、开发室交涉的是我，第二批商品要做'绿意'和'百花'也是我的创意，所以应该署上我的名字，请你把这些话告诉科长。"

"嗯，确实如此，所以我觉得全都给你做都没问题，责任由我来承担。"

"……"

希梨香盯住了仙田。

"你的意思是，全程都让我来做，创意也用我的，等成功了，功劳就是你的，是吗？"

"不不不，我不是这个意思。"仙田用力摆着手，露出了苦笑。

"我认为科长不承认你的努力确实过分，这一点我也跟他说过。不过从责任的角度来考虑，他的安排是符合实际的。毕竟这个系列可能会发展壮大。"

——这男人在说什么瞎话啊？

"仙田先生……难道你在开会前就知道第二批已经确定要做了？"

"哎呀……你怎么这么想……"

仙田含糊其词，但脸上的表情已经出卖了他。

他是提前知情的。

开会前，科长就问过他了，而且是瞒着希梨香进行的。

这么说来，最近仙田和村冈科长两人确实经常单独沟通，仙田不停地找希梨香商量，然后抄袭了她的创意。

她哑然了，几秒之后，怒意涌了上来。

原来仙田才是她的敌人。

——我太大意了，他一直躲在村冈科长和马垣背后，害我完全都没有注意到！

"还没具体的动作呢，而且科长也有自己的考量。我就是一个打工的，只能按上司的话做事。男人又不能像女人那样简简单单就辞职。"

"我说过我会辞职吗？请别蒙混过关！"希梨香不禁拔高了嗓门，"这次的策划也是我想的，对吧？在正式开售之前，就连科长都是这么说的。那么如果要做第二批，也肯定是我来负责啊。结果一开卖，就被人说是'三个人一起'干的，连负责人都换了，这是为什么？我犯错误了？不，我根本没出错！而且你在第二批商品上也没想任何点子呀，这太没道理了吧？"

"这里是公司，感情用事可行不通，你冷静点。这种事是很常见的，我在你那个年纪的时候也经历过这一切。"仙田开始安抚她，"在我看来，你做得非常好，如果你要退出也不是不行，但接下来我是打算跟你一起好好努力的。其实这次上面也考虑过把你撤出项目，是我说这不太厚道，才给拦下来的哦。"

——他的意思是，如果我再不乖乖闭嘴，就要被踢出项目组吗？

希梨香呆住了。

眼泪沁了出来。她问仙田是不是确有其事，仙田一边点头给了肯定的回答，一边掏出手帕去擦拭她的泪水。

"很不甘心吗？我很清楚你的感受。好了，我接下来还有工作。"

仙田仍然游刃有余，拿腔拿调地将擦过眼泪的手帕放回衣袋，带着满足的表情准备下楼。

"如果你任由项目这么不明不白地推进下去，我就把你对我做过的事都捅出来！"

希梨香对着仙田的背影叫道。

仙田一惊，停下了脚步。

"我要把你发给我的LINE信息都截图，放在邮件里发出去！让全公司同事都看看你那些肉麻兮兮的聊骚！"

她继续大声说着，完全豁出去了。

他们是在总公司三四楼之间的楼梯平台上说话。总务部就在三楼，虽然很少有人走楼梯，但如果喊叫出声，总是会引人过来的。

"你干什么？别说这种会产生误会的话！不知道会被谁听去啊！"仙田慌慌张张地回到她身边，说道。

"啊？误会在哪儿了？我们一起去了开设在酒店内部的餐厅，对吗？"

"胡说！那只是顿庆功宴！"

"对我来说确实是啊，但你可不是这么想的吧？你女朋友给我发LINE了，我也很惊讶，原来你连房都开好了！"

仙田半张着嘴，在想该怎么回答。

"是你勾引我的！一直都是！自己穿着这种暴露的衣服还好意思说我？"

"啊？我就是觉得你想偷看，才给你点甜头而已！话说回来，你觉得所有穿低胸装的女人都属于你吗？你不是说你女朋友是平胸吗？聊天记录都在我的LINE上存着呢，我没说错吧？你那个平胸女友也跟我讲了很多事呢，比如吃饭那天你谎称出差，其实是想和我过夜吧？那不把电脑上的酒店预订表删了可不行。"希梨香说道。

之前她正好错过了和仙田谈谈他女友的机会，而现在倒是要感谢那个麻烦又缠人的女友了，居然特意给她送来好些情报。其实她根本不记得这些话是仙田口头说的还是LINE上发的，不过眼下这些都根本无所谓。

仙田的脸色变了，整个人一下子窘迫起来，反复思考着自己在LINE上到底发了什么，而自己的女友又对希梨香摊了哪些牌。

"你又没有证据，我什么都没干！"

"这就让大家来判断呗。你之前不是还说'一夜情又不稀奇'吗？至于是不是真的那么不稀奇，你可以去问问大家。"她冷笑着面对仙田，很明显是准备曝光手机里的内容了，"你说'我不爱她'，我想一直和希梨香你在一起'——这种话还能有误会？不过我怎么可能和你这种装鲜肉的大叔在一起啊？你在电梯里抓我的手腕，我可是疼了半天好吗？要是去医院开张诊断报告就好了。我要把这些事都告诉大家，难不成这次项目的事情是你在报复我出气？就因为被我甩了？"

"你再闹！"

仙田吼道，同时猛地扑上去，想要抢走希梨香的手机。

躲闪之下，希梨香一个没站稳，便摔倒在楼梯平台上，滑下楼梯，吃了好几个屁股墩，她发出惨叫声。

"怎么了？"

有人来了——原来是总务部的由香利。

她正好在三楼的走廊里，隐约听到希梨香的叫声，便急着跑了上来。

"希梨香！你没事吧？"

"由香利姐！仙田先生他——"她靠在由香利丰满的胸脯上说道。

她这下摔得不凑巧，前胫骨真的很痛，估计会出淤青；她的眼睛还泪汪汪的，只要想哭就能哭得更狠些；她的裙摆翻卷了起来，大腿一览无余，不过她是故意不赶紧整理裙子的。

总务部的平松由香利是部门里不可或缺的资深成员，她做事认真，深得信赖。

"我……我们就是撞上了而已，我可没做什么不该做的！"

在由香利探询的眼神下，仙田辩解道，可却越描越黑。

此时还有另外几个男同事赶了过来，聚集在楼梯下。估计是听到吵嚷声，从电梯厢过来看看情况。

"总之晚点再聊，我先走了。"

"别太小看老娘啊！"希梨香将啤酒一饮而尽，然后将扎啤杯重重地放在桌上，"一开始明明还不肯推这个项目，结果一发现卖得好，他就说'这是你们三人合力实现的'，搞得好像他们从始至终都在支持项目似的。而且大家都知道马垣就是个无能的家伙，科长他为什么那么保他，我想不通啊！"

"因为销量揭晓之前谁都不知道到底会不会畅销啊……"

销售部销售科的山田太阳答得没什么底气。

他虽然比希梨香大一岁，不过他俩关系很好，而且他性格温和，是最合适的倾听者。

这种时候能尽情发牢骚的对象也只有男性友人了。那些时髦的饭店又贵又讲究，还是得来这种连锁小酒馆才自在。她点了炸鸡、牛肉色拉、炸豆腐还有芝士烤南瓜，减肥计划就让它去吧！

"我可是明白得很，才不像那几个人一样，认为哪怕包装设计得再土，只要质量够硬就能卖得动。这也太蠢了，其实这相当于人不可能靠好脾气就受欢迎！"希梨香恶狠狠地大嚼炸鸡。

"这么多年来，我们的消费者都在买同样包装的商品，所以他们觉得你这次'外观翻新'策划就是赌博，赌赢了也只是碰巧罢了。"

"碰巧也好怎么也好，总之这次就是我的功劳啊，这不是事实吗？他们为什么不承认？"

"这我哪知道。"

太阳说得含含糊糊，平时倒是很会讲废话。希梨香听得很是火大。

她也知道女人总是相互怨恨，男人总是相互包庇。她环视了一圈，只见小酒馆里到处都是些打扮得差不多的上班族，埋怨着公司和家里的事，彼此劝解。

"妈的——我要再来一杯！"

"你尽管喝，不过你还没把之前那盒最中点心的钱还我呢。"

"你拿发票了吧？那按正常报销程序走就是了，毕竟是为了宣传天天肥皂嘛。"

"不要，还钱来。"

"行，我还你，不过今天你要请客哦，反正可以拿发票。"

"请客可以，不过这顿可拿不了发票啊。"

"真是的。"

希梨香一边抱怨，一边拿出一张千元钞票，换来了太阳手里的点心发票。

她发现最近太阳比以前抠门了，真没出息，一点都不像个男人。

"话说回来，希梨香你打算怎么办？难道真打算脱手不管第二批商品了？"

太阳提问道，同时把筷子伸向炸豆腐。

"脱手也不错啊，反正头疼的又不是我，是公司嘛。"

希梨香说完，开始喝第二杯啤酒。

"真的？"

"这样也能让科长明白那两个人，尤其马垣根本派不上用场吧。"

尽管是一时冲动才这么回答的，不过真说出了口，她倒觉得这主意也不坏。

"等等，你不是一直很想做这个策划吗？"

"想做啊，但既然他们这么说话，我也没干劲了。"希梨香放下扎啤杯，看到太阳这么惊慌，反倒是更坚定了想法。"挺好的，如果这样继续下去，我就退出呗，而相应地，设计师吉田小姐也不会再参加这个项目了。我要把她的设计用在我现在在做的肥皂项目上，然后给大家看看没了我俩之后，仙田和马垣的策划能力是有多烂。我想，这才是最好的做法。"

语毕，她用筷子夹起大量芝士放在南瓜上。

吉田雏知道马垣是个无能之辈，从头到尾都是希梨香在操劳。另一方面，她也是借由这个项目才能从一个助理被提拔成设计师，因此她很感谢希梨香。"Atelier Fives"非常尊重员工们的个人意愿，只要吉田雏本人乐意，八成能从泡澡粉项目里抽身。

"你胆子还真大……"太阳自言自语道。

"没这回事好吧？不管怎么说都是他们让我停手的，那我就停手呗。"

"这个……我估摸着村冈科长要头疼了。"

——他果然会说这种话。

"什么啊，太阳你也站在他们那边哦？"

"不不，我不是当事人，不会站在任何一边的。"

——说到底太阳也是男人，要是女性，肯定会情绪高涨地赞同我的想法，叫我就这样干！还会说我是正确的，让他们也尝尝这种滋味！虽然她们也未必真心认同我。

不过定下了一个从未想过的方针还是让她神清气爽。

她把剩下的啤酒喝干，点了一个草莓果子露做甜点。

"对了，太阳啊，之前有个可爱姑娘来我们公司，你们去车站前的家庭餐厅聊了是吧？她是你女朋友？"

果子露刚上桌，希梨香想起这件事，觉得必须确认一下，就改变了话题。

"突然提这个干吗？不是这么回事啦——你可别到处乱说啊。"

太阳停下了伸向焦糖冰激凌的手。

他居然没像原来那样说自己没有女朋友，而是有些着急，一副怕生事端的样子。

"嗯——那你女朋友很有女人味啰？"

"什么跟什么啊！"

"她胸部大不大？"

太阳似乎瞬间想到了什么，吓了一跳："我才不上你当咧！"

——是吗，他果然交女朋友了。

希梨香有些失望。尽管她和太阳并没有交往，不过好男人名草有主，还是让她有一种自己的东西被人拿走了的感觉。

"如果对象是太阳你啊，我愿意移情别恋呢。"

"别开这种玩笑了，莲君知道了该多伤心。"

——所以你小子才受欢迎，和仙田太不一样了。

今天加班结束后，太阳看她很消沉，所以来陪陪她。她心想如果今天穿得再暴露些就好了，就当给他一点小小的眼福。

希梨香醉醺醺地回到家，发现茶几上有个信封，已经被拆开了。

浴室里传来淋浴声，再看一眼厨房就知道莲吃了昨天剩下的咖喱。

她提前给莲发了LINE消息，说会晚些回去。于是对方八成回家吃完咖喱，然后去洗澡了。

莲有个优点，就是会把自己用过的餐具给洗干净。虽然有点无趣，但这种男人真是最理想的老公了。希梨香一边这么想着，一边若无其事地打开信封，结果立刻酒意全无。

普通的白信封里有张折了三折的酒店预定表。

预订人是仙田隆，日期是希梨香和他一起去吃饭的那天。

"希梨香，你回来啦！"

她正呆愣地看着这张表，莲就擦着头发出来了。

"你在看这封信吗？我回家的时候，看到有个女人站在公寓的信箱那里。她是你同事的老婆还是女朋友来着？反正讲了些莫名其妙的话，还给了我这个，说是你出轨的证据。"

"啊？那女人还过来埋伏了？！"

希梨香尖叫起来。

她已经把仙田的女友抛诸脑后了，一方面她确实顾不上这事，另一方面，她没再收到过LINE消息，还以为对方已经罢手了。

"我也吓了一跳，想了想，这人订酒店的日子不就是你出去喝酒的那天吗，我也不知道怎么处理才好。"

"根本不用处理啊！仙田是我同事，我和他一起吃了顿饭，准备回家时他突然拉住我的手腕，还在我耳边说自己订了房间！我以为他就开个恶心玩笑，结果居然是真的！而且还是在这种廉价旅游网站上用真名订的！太差劲了！”

“嗯嗯，我也猜八成就是这么回事。”

莲边说边从冰箱里拿出碳酸水，他不喝酒，所以会常备碳酸水。

“那天你早早回家了，一边按着手腕，一边生气，念叨着开什么玩笑，然后对我狠狠撒了娇，我就知道你又看错哪个男人了。”

“是啊！我还当仙田是我的伙伴呢，结果他也是敌人！差劲透顶！你听我说！”

希梨香把那个信封放进包里。

她火大得要死，不过这封信好歹能成为证据。她也没有删除和对方的聊天记录。

——仙田这种货色赶紧分手才好，都交往了五年还不知道止损吗？真是个蠢女人！

“希梨香你也有不对的地方，就算是为了工作，也别做那些会招人误会的事嘛。如果你要和男性单独相处，我还是希望你能跟我说一声。没事自然最好，可万一有事发生，你不说我也没法知道啊。”

“还不是不想让你担心嘛。”

“那么，我要是和女同事出去喝酒，也能对你保密吗？”

“那当然不行！反正你别去就是了！”希梨香说道。

莲笑了，把碳酸水递给她，她直接就着瓶口便喝，冷藏过的碳酸水凉凉的，很好喝，搞不好比跟太阳一起喝的啤酒更美味。

“话说，现在我觉得这公寓也不安全了，果然还是那些安保措施更周到的房子比较好啊。反正结婚后总要搬家的，我们该考虑考虑新住处了吧？"

"人家不懂啦！人家什么都做不到！"

"你老是这样，立刻就耍赖。"

希梨香正在想该不该告诉他，女人说这种话就是很有好处，他却紧紧抱住了她。

——算了，怎样都好。

樱花皂，超滋润！

＃皮肤滑溜溜的 ＃有淡淡的樱花香 ＃洗完澡过段时间还是很舒服 ＃天天肥皂 ＃必须回购。

希梨香在办公桌前看KANNA的社交账号。

——她好像很喜欢"天天"的樱花皂，山崎应该很高兴吧。

——嗯……太好了。

——她下次一定会用"天堂洗浴"系列的"治愈茉莉悠然"泡澡粉的。

希梨香心中如此相信——也只能信了。

"中岛，策划案什么时候才能做好？"

她刚坐下开始构思肥皂的商品策划，就听到头顶上传来了说话声。原来是村冈科长过来找她了。

"您指什么？"她问道。

自从她决定放手不管第二批泡澡粉，便没有了任何执着之心，连她自己都觉得惊讶。

她本打算找须藤和相马绿谈谈，暗示一下仙田和马垣有多混账，同时为下一个项目提前做好疏通工作；接着和吉田雏私下达成一致，共同进退，再去更衣室把仙田和他女友发来的LINE消息给女同事们传阅一下，还有由香利能给自己作证。等做完这些之后，她就去向村冈科长申请退出这个泡澡粉项目。

"哪份策划案啊？"

"就是第二批泡澡粉的，之前我不是说过已经确定要做吗？"

希梨香看向对面，那是仙田的办公桌。而马垣突然肚子痛，请假了。

仙田正看向电脑屏幕，他应该听到了村冈科长和希梨香的对话，但却充耳不闻。

"不是给仙田先生负责了吗？"

"我是这么想过，不过考虑到让你多积累经验也很重要，就改变主意了。而且你和设计师相处得好像也挺融洽，第一批卖得又好，所以我希望之后也让你们三人合作。"

"好的，我明白了，今天就能完成。"

"拜托了。"

"仙田先生，你刚才也听到了哦？"

村冈科长走开后，希梨香问仙田。

"嗯，这不挺好吗？中岛小姐你一直都很努力，我也这么跟科长说了。"

仙田抬起头，很确定地点点头，就和原先一样散发出一种诚实可靠的感觉。

"那我会加油的！"

她有很多话想说，但还是克制住了。

她打开很久没碰过的文件夹，开始为策划书做准备。

这几周真是过得惊涛骇浪，她因为压力而过量摄入冰激凌，好不容易减下去的三公斤也反弹了回来，之后不好好减肥可不行。

要是她再有女人味一点的话，肯定凡事都会很顺遂的，男孩子气的女人就是这么吃亏。

第五话

三十八岁的地图

田仓勇太郎

"阿勇，良人的事是你发现的吗？"知歌问道。

勇太郎微微低下头，凝视着知歌小小的脸庞。

知歌是他的挚友——熊井良人的妻子。

熊井在今年秋天因为侵吞公款的行径败露而辞职了。

"不……是我部门的同事。她是位优秀的女员工。虽然我也注意到了……我本来想在内部解决，但怎么都阻止不了她。"

"阿勇你居然夸奖女孩子，真少见啊。"知歌笑了，"我真没用。不仅是个没用的妈妈，还是个没用的老婆。我其实知道良人很不争气，结果一不看着他，他就干出这种事来。"

"不是你的错。"

"嗯……我知道。我也明白阿勇你已经努力为他做了很多。对了，你那位女同事叫什么？"

"森若，森若沙名子。"勇太郎答道。

"我要向她道谢，感谢她在事情无可挽回之前就发现了问题，托她的福，将太和理实不用成为'罪犯的孩子'。真的太好了，我很感谢她。"知歌慢慢地说道。

勇太郎垂下了眼。

"往后怎么办？"

"总有办法的啦，我才三十八岁。"

勇太郎觉得她在逞强。无论发生什么，她都会笑着说船到桥头自然直。

所以他曾喜欢过她，非常喜欢。

"橄榄球那椭圆的形状象征着自由和信赖。"有个男人这么说过，"因为不知道它会弹到哪里去，所以才有趣；但就算无法预测，它也一定会弹去一个帅气的方向！要相信它，然后跑起来！"

"无法预测啊……"

勇太郎把决算文件摊到面前说道。现在是二月中旬，马上就要开始年度决算了。

他在天天股份有限公司四楼的社长会议室，室内只有三人，他身边的是新发田财务部长，对面的则是专务董事——圆城格马。

"眼下确实是赤字，不过不至于压迫到其他业务，要是维持现状，公司还可能存续下去，但改革之后的话——"

"田仓先生你个人怎么看？"圆城格马说道。

他是圆城社长的儿子，三十出头的年纪，虽说是专务董事，但比勇太郎年轻。此刻他正坐在沙发上，专注地打量着勇太郎的表情。

"我觉得扩大业务范围很有风险。"

"但我听说'滋润天国'口碑很好，卖得也不错。"

"我不了解口碑如何，不过我还没做过销售核算，如果有必要，我可以提供更详细的数据。"

"什么时候能提交？"

"要做三年份数据的话，再快也要把今天和明天一整天腾出来，希望您可以给我这些时间。"勇太郎稍微思考了一下，答道。

"那么，就到明天傍晚吧。"

"明白了。"

"田仓先生，这件事还请你别往外说。虽然我觉得你应该有数。对了，直接给我纸质文件，不要电子档。"格马说道。

勇太郎正在把文件收到文件夹里，闻言，微微抬眼，回答说："好的。"

"就算吉村营业部长问起，也请保持沉默。"

"这是当然。"

他整理完文件，站起身来，离开了会议室，新发田部长则继续留在那里。

"阿勇，你怎么看？"

勇太郎正缓缓地下楼，新发田部长便向他征询道。

"你指什么？"

他回话道，而对方还在边思考边走。

"就是关于化妆品部门的核算问题，円城专务为什么不让我们跟其他部长说起？"

"我不知道。"勇太郎答道。

他倒是晓得天天股份有限公司的下任社长追求革新，但他并没有立场去对此事下评判。

他是财务部的主任，已经入职十五年的资深财务人员。然而这些经历也就是说起来好听罢了，实际上他只懂财务。他会计算各类数据，做成文件，一旦其中出现疑点就去查明原因，要是存在危险就得告知经营团队。无论身处哪个组织，财务人员估计都在为工作煞费苦心吧。这就是常态。

"我能暂时把制造部的工作分给麻吹美华小姐吗？毕竟円城专务的任务可能要占用我全部的精力了。"

在回到财务室之前，勇太郎向新发田部长请示道。

"你觉得这活没法立刻结束吗？证据是？"

"没有证据，但我有这种直觉。"

"可以。不过不交给森若吗？麻吹刚来不久，还做不惯这些。"

"森若小姐的负担太重了，麻吹小姐应该做得来，重要的部分我会亲自完成。"

"行。"

新发田部长对森若沙名子的评价很高，对勇太郎也是如此。一旦信赖对方就会把事情全都交付给对方是他的坏毛病。

和新发田部长一样，勇太郎亦信赖着沙名子。只不过——

——"有什么事吗？上周五？那天我一直在家啊，发生什么了？"

——"我这人既不健谈，对那些闲话也没兴趣，自己更没有传过闲话——对我来说，勇哥你不在财务部的话我才头疼啊！"

这是沙名子本周一早上对勇太郎说的话。

——森若的意思是，她会当什么都没看到，也不会对任何人说；不会阻止我，也不会责备我，所以希望我不要辞职，是吗？

勇太郎是个把工作和私生活分开的人，沙名子大概也是如此。

可就算他心里明白，却怎么都会想起这件事，所以他还是打算尽可能远离沙名子一阵子。

他踏进财务室，从自己的座位上取出文件夹，同时看向沙名子。

她好像刚从其他部门回来，在向美华询问着什么。她看起来心情不太好，这还真是少见。

他打开电脑，心想着她有些奇怪。

上周末晚上，他在日比谷公园遇上了沙名子。这并不是偶然，她很可能也是来见宣传科的皆濑织子的，意在确认织子是否真的要出差。

她把皆濑织子纳入了"需注意"的人群之中，织子自己也说过她好像被沙名子盯上了。

"但我很喜欢森若。如果是以前，我八成会觉得她难以亲近又无趣，可现在我却认为她很酷。她那种认真的活法非常帅气，那么年轻就懂得这个道理了，就和我一样。我现在三十八岁了，喜好也变了。"

勇太郎说她在撒谎。

毕竟织子的丈夫知也就不是这种人。知也一点都不认真，"追求梦想"说起来好听，可归根结底不就是个吃软饭的吗？

"这种男人也很帅啊，而且我结婚的时候都三十六岁了。"

"你喜欢他吗？"

织子没有回答勇太郎的问题。

——知也不是出轨了吗？正如织子所说，他在和那个女主演搞婚外恋，并没有好好珍惜、爱护织子，结果就连织子不是也出轨了吗？

——可如果她爱着自己的丈夫，那为什么要说喜欢我？在我拥抱她的时候，她又为什么要回抱呢？

他想如此责备织子，但还是没说出口。因为他不想被她讨厌。而且要是她说这不算出轨，那么他也会感到受伤。

——偶尔接个吻也不是爱情吗？

沙名子目击到了他和织子拥抱的那一瞬间，当时他就做好思想准备了。和同事发生不伦之恋并不是犯罪，但肯定会引发闲话，届时说什么都是借口，那么自己作为一个单身汉，就该当活靶子，不管发生什么都会一力承担。

而就在他知道沙名子不会把这事告诉任何人的时候，他松了口气，同时也觉得一阵气馁。

结果自己还是没法守护任何人。即便想要去守护谁，自己终究还是成了被守护的那一方。

在熊井良人那件事上也是同样。

"森若姐！这、这是怎么回事？"

勇太郎正集中精神工作，却听到有人在小声尖叫。

他看向沙名子的座位，只见真夕和美华都在她的身边，真夕从自己的化妆包里拿出了什么东西递给美华，然后飞奔了出去。

美华脱下沙名子的手表，后者像是受伤或者起了疹子。

沙名子则呆呆的，一边的美华和真夕反倒比她这个当事人更慌张。解开了衬衫最上端纽扣的沙名子看起来比平时小了不少，还有种虚幻感。

这时，勇太郎才突然想起来，她只有二十八岁。

她和他的妹妹小香以及织子的丈夫知也一样大。虽然他平时没把她当后辈，而是像自己的同龄人那样互动往来，但她确实比他小十岁。

"森若，你今天先回去吧。"

新发田部长开口了。

"可是我还有工作。"

"那就交给麻吹小姐做吧。麻吹小姐，你看可以吗？"

"没问题。"

在离开财务室之前，沙名子看了勇太郎一眼。

她的眼神中没有任何责备之意，只是和勇太郎四目相交，然后他俩彼此都移开了视线。

　　"勇太郎。我有话要跟你说，方便见个面吗？"

　　织子发了LINE消息过来，这时办公室里只剩勇太郎一个人在加班。

　　她老是公私不分，勇太郎分明跟她说过这阵子每天都得在下班后继续干活。

　　尽管他心里在意，不过并没有回复。于是织子又发来了新消息。

　　"今天也要加班？"
　　"那晚上也见不着了吧？再迟些也行。"
　　"这礼拜你什么时候有空？"

　　"这阵子都有工作，没办法见面。"

　　他在准备回家的时候回复了织子，然后在电车里看了好几次手机，却没有再收到信息。

　　现在是晚上十一点左右，车站前的健身房和他常去的供应套餐的小馆子都打烊了。只有便利店和家庭餐馆还灯火通明，热热闹闹，照亮了往来的客人们。

他顺便看了看母亲和妹妹发来的LINE，母亲说早春时分妹妹会回娘家探亲，问他能否赶着那个时段也回家看看。这已经是很早之前的信息了，他却一直没有回复。他的老家在埼玉县北部，当天来回略嫌麻烦。

妹妹小香则说想见见哥哥，叫他一起回家。还说等哥哥确定日程，她就可以配合着调整了。小香虽已经嫁作人妇，但或许是因为和他年龄差距较大，无论何时都像个小孩子似的。

他回复说这阵子会回一趟老家，然后便朝自己独居的公寓走去。

深夜的路上还有若干行人，身着大衣的男人们都步履匆匆。附近有个很大的公园，因此很多有孩子的家庭都选择居住在这一带。

直到不久之前，熊井一家还住在勇太郎的邻街上，中间就隔了一个车站。

熊井和知歌在长子将太出生不久之后就在这里买了房子。他俩大学毕业，入职后没多久便结了婚，房子也是两层楼高的新居，尽管他们是双职工，勇太郎还是担心过他们的贷款额是否超出收入水平了，但熊井仍和平时一样，笑着说船到桥头自然直。

之后又过了几年，理实出生了，将太则刚上幼儿园。当时熊井找勇太郎谈过，说自己刚辞职，接下来该怎么办。

他说的不是"打算辞职"，而是"刚辞职"。

他是零部件制造商的业务员，可似乎惹了什么麻烦。

勇太郎跟他说，这不是他一个人的责任，应该和公司好好谈谈，然而对方却支支吾吾的。他不知道熊井是嫌麻烦还是有事隐瞒，不过他觉得不久之前自己提过天天股份有限公司制造部正在搞社会招聘也是促成熊井辞职的一个间接原因。熊井一开始就指着那个岗位了。

制造部的社招人员待遇不差，只是有个要去静冈工厂干几年的聘用条件。考虑到房子和知歌的工作，他必须自己一个人前去赴任，对于他这么顾家的人来说是难以忍受的。

勇太郎不太放心，不过熊井倒是干劲满满。他觉得和勇太郎一个公司很安心，而且过几年就能回东京工作了，他也不介意，结果便硬是去应聘了，通过社招成了"天天"的一员。他到岗之后，将太很快升入了私立小学念书，勇太郎心想这或许就是熊井去"天天"的理由。

理实的病是在一年半前被发现的，和熊井决心独自去静冈工作的时间点一致。

勇太郎在差不多的时间，搬去了熊井家邻街的一家公寓里，车站就在这两条住宅街之间。

他终于还清了助学金，妹妹小香也结婚了，思想上的包袱减轻了很多。就在他找新住处的时候，熊井和知歌推荐了这一带，说是非常宜居。

"阿勇，拜托你多照顾点良人，他这人爱虚荣，我很担心，但我要专心照顾理实，没法像原来那样管着他了。对了，你能偶尔陪将太玩吗？他很崇拜你。"

理实的病比想象中更严重，知歌第一次向勇太郎露出软弱的一面。

于是，知歌去医院照顾理实的时候，勇太郎就会帮忙带着将太，教他功课，还会代熊井开车送他们去医院。熊井则还和原先一样，一旦有事就打电话过来，请教勇太郎的意见。

"我不小心动用了为将太念书存的钱，要是被知歌发现了怎么办？全家出去旅游比想象的还贵啊，这样下去这个月的贷款都要还不上了，怎么办？我弄丢了发票，暂支款不够用。理实可能要长期住院了，知歌说要辞职，怎么办？"

"你能帮我求求公司，把我从静冈调回来吗？但我又想要单身去异地工作的津贴，能靠你的力量想点办法吗？"

"森若小姐问我暂支款的事，好像注意到了什么问题，怎么办？"

熊井是个笨蛋，但性格乐天，是个好人。在高中，大家就都这么评价他。

高中时的勇太郎正是被这个笨蛋所拯救了。那时候的熊井表示，如果勇太郎要退学，那么他也退。他拿着橄榄球，来约闭门不出的勇太郎，还说："橄榄球那椭圆的形状象征着自由和信赖。虽然不知道它会弹到哪里去，但要相信它，然后跑起来！"

熊井的父亲就和儿子一样是个乐天派，为勇太郎做了助学金的担保人。当时，熊井恳求父亲，说勇太郎可厉害了，绝对会出人头地，比他更有上大学的价值，也是他的好朋友。

之后，高中时的知歌选择了熊井而不是勇太郎。

勇太郎走进玄关，"啪"地打开电灯开关。

深夜时分空无一人的房间分外清冷。

熊井去年秋天从天天股份有限公司辞职了，然后卖了房子，现在全家都住在知歌娘家附近，那也是勇太郎的老家——一个位于埼玉县北部的城市。

两个孩子也分别转学、转院了，知歌一边打工做兼职，一边照料理实，熊井开始找工作，虽然夫妻俩忙得无暇分身，但能和孩子们待在一起也很幸福。他们前几天还发来了LINE消息，说总算安稳下来了，希望大家可以一起吃顿饭，让勇太郎回老家的时候联络他们。

勇太郎觉得自己想要守护的两人比预想中更坚强。尽管他想过不能让彼此间的友谊就这样崩塌，而实际上这也确实不会轻易崩塌。

他脱下外套，给浴缸放满水并按下了自动加热开关。虽然有些饿，不过都这个点了，他已经不想吃东西了，只打算喝点热饮，泡个澡，伸展一下筋骨就去睡觉。

他一边喝着袋泡的日本茶，一边呆呆地思考着森若沙名子的恋人是个怎样的人。一定是位冷静、知性、优秀、可靠的男士。

不知为何，他原先总认定沙名子没有男友。

他看向手机。

他想和织子说说话，但对方并没有来电，而自己又犹豫着是否该打电话给她，毕竟她丈夫可能就在边上。

——那她为什么还说想见我？我跟她说过工作期间不会回复信息

的，难道她是想让我为难才故意在工作时找我吗？

他拿过电视遥控器，点开之前录下的节目。

那是织子参演的电视节目。

她的头衔是天天股份有限公司宣传科主任兼"泡澡专家"。剪着短发，身着长款连衣裙的她比起身旁的女主播都毫不逊色。任谁都想不到这样的美女会因为年轻的丈夫不爱自己而苦恼。

可一旦对她说既然知也出轨了，那离婚就行，反正他们没有孩子，她也没有经济困难，她却又语焉不详，只会答一句"话虽如此"。

勇太郎看着节目，心中有气，开始憎恨起她。

他想对她说："既然你这么认为，那就别再联系我了，别把我成那种召之即来的男人。"

明明不去见她比较好，可是当他看到织子的脸庞，心中就仿佛火烧一般焦躁，毫无办法。

他取过手机，给织子发去了消息：

"我刚到家。"

"周末应该可以见面。"

对方没有回复。

——是被丈夫知道了吗？不过这也无所谓。

勇太郎如此想道，继续看着电视。他想象着知也揍自己的样子，然后自己又揍了回去，感觉十分舒畅。可他自己也不明白，脑海中的打架对象到底是皆濑知也、熊井良人还是那位素未谋面的沙名子男友。

录下的节目刚播完，手机就响了起来。是织子打来的。

"喂——"

"是我，抱歉，我无论如何都想听听你的声音。"

"没关系。"勇太郎低声答道。

他觉得织子的声音好可爱，即便他俩是同一批进入公司的，已经共事了十五年，不知说过多少次话，可直到去年秋天之前他都没有注意到这一点。

"不好意思，我有个闲事想问一下……田仓先生，你结婚了吗？"

在工作时突然听到这种问题，勇太郎连手里活计都停下了。

"等等！希梨香你在说什么呢？会吓到勇哥的！"

提问者是策划科的中岛希梨香，她好像是来财务室交发票的，真夕慌慌张张地插了话。

"但是我很在意嘛——"

希梨香一副满不在乎的样子，她和真夕同期入职，是个花哨又吵闹的姑娘，勇太郎并没有和她好好聊过。

"这和工作没关系吧？你这是性骚扰！"

"我很男孩子气啦，无所谓的。"

"都说了这不是你该管的事！"

"我单身。"勇太郎说道。

真夕倒抽一口凉气，希梨香却两眼放光，向前探出身子："哇！我就知道！其实呢，我有个高中时代的朋友正想找个男朋友，她喜欢比自己年长、工作能力强的高个子男士，而且她超可爱的，要是方便的话……"

"希梨香！你也考虑一下我的立场啊！"

真夕打断了希梨香的话，拉着她的手腕就把她拖出了财务室。

——我听都听到了。

勇太郎重新看向文件，真夕一脸为难地回来了。

"勇哥，真对不起啊，你那么忙还吵到你，但希梨香她没有恶意的，随便她说什么，无视就好。"

"没事，我不介意。"

他倒想让希梨香再说说她那位朋友，不过现在不是讲这种话的时候。而且就算人家把朋友的情况告诉他，他也不知道接下来该怎么做。

"田仓先生，来一下。"

円城格马进入财务室，对勇太郎招招手。估计是为了之前要求的那份文件。最近他已经会跳过新发田部长直接找勇太郎了。

"好。"

勇太郎把文件夹放入办公桌抽屉，上锁，然后站起身来。

　　勇太郎最开始其实是为了工作——只是找一起进公司的同事打听点事罢了。

　　去年秋天，他必须要了解一下如何评价策划科员工们过往的表现，但他对员工评价没有半点兴趣，心想宣传科的织子应该很了解他们，于是发了邮件给她。

　　织子的回信非常简洁，然后约他出去，说还有些话想讲。

　　他心想，也许是对方不希望在邮件里提别人的不是，于是答应了。结果，他在她常去的南欧风格小餐厅里边喝啤酒边听她发牢骚。

　　当时他觉得织子只是一时心血来潮，毕竟他俩虽然一起入职，但并没有两人单独聊过天，此外，或许也因为他很少找别人打听员工评价方面的问题。

　　喝着喝着，话题就转到了他们各自的近况上。勇太郎得知织子和她那个演员兼导演的老公相处得不好，也了解了她作为公司活招牌的烦恼以及因为周围的期待而承受的重压。她说自己几乎不和别人提起这些，但勇太郎嘴巴很紧，所以她很放心。

　　之后他们俩又去喝了几次酒，勇太郎那阵子正好遇上熊井辞职，来找他商量下一步。他对织子吐露了这件事，说自己对熊井的盲目乐观十分气恼，可作为朋友又无法弃他不顾，已经对自己的判断丧失信心了。

　　织子能言善道，同时也擅长倾听。他们相互诉说着不能对别人说起的话，彼此间滋生出了一种"共犯"般的感觉。勇太郎甚至开始期待织子来联络他。

她说明年一月也要去看橄榄球赛，因为她记得勇太郎不经意间说过的话。

"那到底是你的青春呀，你每年都会去吧？虽然我完全不懂橄榄球，不过很想体验一下观赛的感觉！"

她的好奇心很旺盛，还说自己本来就经常为了工作而跑关西，再加上凡事都能自得其乐，所以去看比赛没有问题。

"我还以为不会再和别人一起看比赛了。"

"熊井先生不再陪你去了吗？"

"是啊。"

勇太郎苦笑道，织子也笑了。她微微挺了挺脊背，吻了勇太郎。

在亲吻之前，她拽住了他的大衣袖子。他希望对方不要亲过来，可却没有拒绝。

当然无法拒绝了，因为织子身上散发出一股清凉的花香味。

自那之后——

之后怎么了呢？之后熊井把房子卖了，决定搬家；知歌有话留给沙名子，说要谢谢她；勇太郎得知沙名子有了恋人，并在那天约织子出来，温柔地抱住了她。

他们吃饭的店离公司很远，冬休的时候也会相互联络，出去见面。

　　织子喝醉后，就会在路边缠着勇太郎，向他索吻；他们去看能够当天来回的橄榄球比赛，在新干线列车上比邻而坐，凑在一起聊天。织子和知也的关系已经彻底没救了，因为她在正月外出时，和知也搞婚外恋的那位女演员居然登堂入室，来到了他们夫妇一同生活的公寓里，结果被织子意外撞见。

　　"他俩今天可能又见面了，不过我也在做同样的事，和你一起出门，我和他真是半斤八两。"

　　勇太郎建议她离婚，可她却没有行动，他有种怒其不争的心情。于是他又问她，是否为了嘲讽丈夫才来和他见面，而她却否定了，说自己只是想见他。

　　勇太郎生气了，放话说不会再见她，但果然还是以食言告终。他们一次又一次地找没人的公园，然后在车上接吻。他无法原谅自己，然而却不知道如何是好。

　　二月的一个周末，织子说要在出差前去知也的拍摄现场看看。勇太郎最近都没怎么和她说上话，心想着必须跟她好好聊一次。

　　他追着织子去了日比谷公园，知也就在那里拍片。他目睹了知也根本不把她当回事，令她无地自容的样子，那景象实在太过凄惨。

　　"够了，你再等他也是白费功夫，事到如今你们还有什么可谈的？别去找他了，快离婚吧，然后和我结婚。"

　　"放开我，已经够了，我都明白的！"织子打断了勇太郎的话，"我不需要同情，虽然很对不住你，但我不会再和你见面了，你别管我！"

"我没有同情你。"

"那你为什么不和我有更进一步的发展？"

她的眼睛湿润了。勇太郎却答不上来。他知道她有那个意思，于是用一个吻代替了回答。

"因为这是一场不伦之恋，因为你有丈夫。"他对自己说道。

"我一直都很想听你说说自己的事。平时你不是在提工作，就是在聊熊井，搞得好像只有我在吐苦水似的。"织子说道。

周末，勇太郎和她一起来到横滨。

他俩一边看着红砖砌成的建筑物，一边说着话。或许是因为此刻的好天气，周围还有携家带口或出双入对的行人们在愉快地散着步。

织子说想和勇太郎两个人一起去远一点的地方，她的丈夫知也因为拍摄工作不在家，所以晚些回去也没关系。

要是不跑远点，可能会被认识的人看到，而织子的风险尤其大，毕竟她是上过电视的人。今天的她穿着比平时更为休闲的裤装和质地柔软的大衣，把帽檐压得很低。尽管只是略施脂粉，却美貌依然。

"我这人没什么可说的故事。"

"但你活到现在，也不可能只工作不干别的吧？"

勇太郎沉默了一会儿，开始思考自己除了工作还有什么。

"我只有工作和学习，我父亲在我读高中时去世了……日子过得紧巴巴的。"

"工作之后还是这样吗？"

"我要负担妹妹的学费和生活费。这几年我为了考注册税务师资格，一直在学习，现在终于合格了。虽然我不会转行，不过这对业务是有帮助的。"

"别在外面说公司的事啦，我都要被你吓傻了。"织子耸了耸肩，似乎真的惊呆了，"你从进公司起就一直是个严肃的财务人员，讨厌女人，也不来喝酒聚餐，我还当没法和你打好关系呢。"

"我也觉得没法跟你处得好，毕竟你是个骄傲的美女。"

"哎哟，谢谢你说我是个美女。"

"你应该早就听惯这种夸奖了。"

"还行吧。"

织子微微笑了。

她终于找回了一点自信，虽然还有些忧郁，但不会像以前一样感情用事。最糟糕的那阵子似乎已经过去了，她一定会有所舍弃。

熊井想必也是这样，度过了最艰难的时期之后，他亦放弃了一些东西，决心为了妻子重新面对人生。

勇太郎琢磨着自己是否同样能做到这些。

妹妹已经独立了，还结了婚；助学金终于还完了，也不用再管熊井的问题；自己如愿取得了国家认可的资格证；所在的财务部来了优秀的新同事，工作负担亦稍有减轻……此外，虽然不能公之于众，但还有织子这样靓丽的女性求着和自己见面。

尽管如此，他的心里还是有个空洞。

——我为什么会觉得现在是最坏的阶段呢？

他有时还会有种难以抑制的凶暴心态。

"还有那件事……森若小姐怎么说？"织子问道。

"哪件事？"

"就是在日比谷公园看到我们了。"

"你说那个啊。"

织子还是很在意被沙名子撞见了自己和勇太郎的幽会现场，不过这也是当然的。

"不要紧，森若小姐不会告诉任何人。"勇太郎回答。

"可以相信她吗？"

"可以。"

"我打算离婚。"

她眺望着一家杂货店的店头，若无其事地往下说道。

云层遮蔽了太阳，空气中产生了一丝寒意。织子扣上大衣扣，握住勇太郎的手腕，靠了过来。

"是吗？"

勇太郎答道。他松了一口气，尽管另一股重压袭上心头，但喜悦感还是占据了主导地位。

"嗯，已经想好了。而且我觉得只要我一提，知也就会立刻答应的，毕竟他现在很迷恋出轨对象呢。我和他已经结婚两年了，离婚大概也花不了几个钱。"

"嗯，是的。"

"不过我没有要你娶我的意思。"勇太郎正想着该如何回答，织子就已经抢先开口了，"和你没关系，所以不用觉得这是你的责任。夫妻关系是我自己的问题，所以我总得做个了断。"

勇太郎受到了打击。

——是这么回事吗？和我没关系吗？她并没有选择我，意思是我不具备做她丈夫的魅力，只是和我玩玩而已吗？

"我冷了，而且好累哦。"

她改变了话题。

他们经过用红砖建造的仓库，来到大马路上。马路另一头有个大型的城市酒店，勇太郎心想怎么会有这么庞大的建筑物。而停车场还要更远一些。

"要找地方喝个茶吗？"

"知也后天才回来。"

织子攥住了勇太郎的衣袖。

他看向她，发现她已经往前走了几步，正看着这家连锁商务酒店的店招，眼神中闪现着至今从未有过的迫切与无奈。

然而勇太郎却无法踏前一步。他不知道该做何反应。他的心脏在剧烈跳动，他的掌中都是汗水。即使没有紧贴着织子，他也能闻到她的颈间传来阵阵幽香。

"那就回去吧，勇太郎。"

最终，织子抬头看向勇太郎，开朗地说道。

"将太已经适应新学校了，上次还考了一百分，因为数学是你教他的吧，太感谢了！"

勇太郎和熊井一起漫步在埼玉县的河岸边。

将太和理实走在他们前面。将太已经小学五年级了，理实也上了二年级，两人看着都稍微长大了一点。将太虽然还是个小孩子，但是非常照顾从医院申请外出的理实，一脸担忧地看着跑起来的妹妹。

"太好了，理实转到了一家好医院。"

"嗯，如果状况稳定下来的话，可能夏天就能出院了。我必须在那之前熟悉新工作啊，因为到时候我想尽可能多待在家里。"

"新工作还做得下去吗？"勇太郎问道。

熊井的第三份工作已经定下来了，他说希望勇太郎能来一起庆祝一下，于是勇太郎便找了休息日回老家探亲。勇太郎的母亲和妹妹也来了，估计正在知歌娘家帮着准备饭菜。

他在邻市的一家超市里工作，据说是知歌母亲熟人经营的店，对方便帮忙把他介绍了进去。

"还行吧，虽然我不认识那些蔬菜，是挺吃力的，不过和我一起搭班的阿姨很亲切，我觉得自己能做好。而且了解各种食材之后也有助于实现理实的食疗方案，真是太好了。"熊井说道。

从天天股份有限公司辞职之后，他胡吃海塞，胖了不少，但现在正在逐渐恢复体形。眼前的他人如其名，圆滚滚的，就像一只小熊玩偶。

他嘴上总说要去健身房，至少也该多走走路，不过他本质上还是个懒汉，所以发福了。勇太郎觉得在超市里站着工作很适合喜欢跟人互动的熊井。

"新公司知道你从'天天'辞职的原因吗？"

"别说得那么直接啦。"

熊井面露难色。他在这种时候说话的口气还是跟高中时代一样，不过今天不同，他又立刻收敛了神色，继续道："社长知道，知歌告诉他了，这下也好，我不用负责站收银台结账了。"

"但愿总有一天会让你负责收银。"

"嗯，我已经道过歉了，不过知歌还是不信我，把我的卡都收走了，我现在都提着便当和水壶骑车上班了啊，过得朴素极了，真难熬。"

"怪你自己。"

熊井笑了。

"确实是我不对，没留下前科已经很幸运了。我真的很没用，从以前开始就一直在受你的帮助。"

"没这回事。"

勇太郎说道。孩子们蹲在原地往回看，见到父亲还在后面跟着，便起身继续向前走。真正没用的人可无法孕育出如此美好的一幕。

勇太郎很羡慕熊井能轻易地说出自身可耻的一面，而这也正是他坚强且招人喜欢的理由。

"橄榄球那椭圆的形状象征着自由和信赖。"熊井突然开口了，勇太郎一惊，"勇太郎，我最近想起来了，你以前讲过这句话。你说'球真的很自由，因为不知道它会弹到哪里去，所以才有趣。但就算无法预测，它也一定会弹去一个帅气的方向！我相信它'！"

"等一下，这话是你说的吧？"熊井正一边反思一边点头，却被勇太郎打断了，"那时候我打算从高中退学，你跑到我家来，还拿着橄榄球，把我拖到这片河堤上，跟我说了这番话。你说不知道椭圆形的橄榄球会往哪里弹，所以不用放弃，只要相信它然后跟着跑起来就行。我记得我当时心里想的是——怎么还能有这种信法。"

熊井看着勇太郎，眼神微妙。

"不，不是我说的，是你说的，就在这个河堤上，你拿着橄榄球说咱俩来一局。那时候我觉得你可帅了！"

"不对，这是你的话。我没记错。"

"哪儿没记错呀？你很快就会把没用的事给忘掉，只有我才会记得这种事。而且我怎么说得出这种帅气的话？讲到底，我橄榄球打得那么烂，家里根本就没有球。"

这么一说倒也确实，熊井说不出这么帅气的傻话。

那么自己怎么会记得这件事的？勇太郎陷入了混乱。

——这是幻觉吗？真想不到我念高中的时候这么冒失，就跟良人一样。

"阿勇，良人，开饭啦——"

"哥哥！"

知歌和小香赶到河堤对岸，冲勇太郎他们挥手。理实跑了起来，将太在后头追着。

"田仓先生，你去过那种店吗？"

听格马这么提问，勇太郎抬起了头。

他这个月已经跑了好几趟会议室，新发田部长都不在场。或许是因为年纪相仿，相处时心态比较放松，所以格马希望跟他单独会面，融洽地开展对话。

他之前猜测化妆品部门的核算工作应该会拖得很久，结果真被他料中了。格马立了新策划案，但他难以判断这位年轻的专务董事是为了出售一部分业务还是为了整顿事业。

"哪种店？"

"就是那种——找女人的店。"

"我没去过，以后估计也不会去。"勇太郎作答。

"这阵子吉村部长可能会来约你去的。"

"我不喜欢那种地方，如果是工作上的死命令，我可以去，但希望能把范围限定在正常工作时间。"他说道。

他知道公司的干部们手里有些自己并不了解的应酬招待和会议，他能理解其中的必要性，不过这和他这种基层财务人员没什么关系就是了。

"原来如此，我也不爱那些地方。虽说会去，但并不是出于兴趣。那，高尔夫怎么样？"

勇太郎原本在收拾文件，闻言停下了手。

他想了想，然后缓缓答道："非常抱歉，我对'办公室政治'完全没有兴趣，因为我不想在财务判断中掺入私人感情。"

"我想也是。不过高尔夫很有意思哦，你打过橄榄球是吗？那运动神经应该很不赖吧？下次一起去打高尔夫好了，我教你。尽管不算是工作任务，不过偶尔动动身子比较好。"

"我明白了。"

"田仓先生，你单身？不结婚吗？"

勇太郎看着格马。

円城格马三十出头，相貌端正，还没成家。勇太郎曾在真夕和别人闲聊的时候听到过几句，说格马在女员工之间很有人气，到处都在谈论他有没有老婆。

这几周内，勇太郎已经很清楚格马对泡澡粉部门的投入远高于化妆品部门，也明白对方是把他看作干部储备人才，想拉他进自己的阵营。

"因为我有喜欢的人。"勇太郎答道。

格马的脸上露出一丝意外。

勇太郎和织子久违的约了见面，他还买了花。

在步行至碰面地点的途中，他看到一家花店。尽管现在是工作日的夜间时分，店却还开着。

他本想买和织子拥有同样香气的花，可却不清楚这具体是哪种花香。问了店员才知道可能是百合或铃兰，于是他买下了一小束带有铃兰的花束。

织子身穿一件黑色大衣，在东京银座的书店里等他。她把皮制的挎包往肩上提了提，看向那些精装书，整个人就像是从画里走出来的那种干练职场女性。

"我迟到了。"

"是有工作吗？"

"不是，我去买花了。"

"勇太郎你也会做这种事呀？好开心啊，总觉得我像是你的恋人呢。"

离开书店后，勇太郎把放了铃兰的花束送给织子，只见她一脸天真快乐，非常可爱，而这在勇太郎看来是十分耀眼的。他眯起了眼睛，说道："其实我有些话想和你说……边吃饭边说吧。"

他想把口气尽量放得自然些，但还是很紧张。

"嗯……我也有话要说。我这边出岔子了。"

织子低声答道，然后挽着勇太郎的胳膊，从大马路上拐进了一条无人的小岔路。

勇太郎有种不好的预感。

"怎么了？"

"知也不肯和我离婚。"

听织子这么说，他停下了脚步。

"事到如今还说这些，为什么？"

"他说他还爱我。"

勇太郎皱起了眉头。

"他说谎。"

织子为难地笑了："我觉得不完全是假话。他对我肯定还是有点感情的……而他之所以会那么任性，大概也是没想到我会提离婚。"

"这算什么？其实你也清楚的吧？你只是被他利用了。你们的公寓是你名下的资产对吗？你还帮他出拍电影的费用。现在你要和他离婚，他一下子哪舍得这些，所以才讲了那些话！"

勇太郎觉得这大概是他第一次用这么激烈的口吻对织子说话。

听到"利用"这个词时，织子胆怯了。

"他承认自己出轨了吗？"

"不，他说那只是在讲戏。"

"讲戏？胡说八道！"

尽管勇太郎从未和知也交谈过，但一想起日比谷公园里的场景，怒意便从心中涌起。

"他把那女人带进卧室了吧？你还和她撞上了。于是他就改在LINE上和那女人聊。前阵子在日比谷公园时他还无视你，跟那女人卿卿我我。男人怎么可能在自己的妻子……在自己喜欢的女人面前做这种事！至少我就绝对不会做！"

"因为他拍戏拍得太投入了啊。"

织子放开勇太郎的手，裹紧了大衣前襟。

"知也在家教那个女演员怎么演戏，LINE是我搞错了，毕竟这些信息我只是看了下，又不会复制下来重看。可能是我记错了吧。"

"你真是这么想的？"

勇太郎问道。他不认为一贯理性的织子会说出这番话来。

织子伸手抵住了额头。

"我不知道。我没想到他会这么说。那个女演员和知也……其实，就算他跟我说那是在讲戏，我也确实差点就信了，但怎么可能啊。你也这么看的吧？但知也叫我拿出他搞外遇的证据。"

织子的回答非常模糊。她想要相信知也的话，神情迷茫得就像个迷路的孩子。

"叫别人拿证据出来本身就够可疑了啊，这点道理只要想一想就能明白过来吧？"

"可是——如果我这么说了，他会说是我在出轨才对。"

勇太郎说不下去了。

"这算出轨吗？"

"怎么可能，其实他也不是这个意思，毕竟他根本不认识你，只是想套我话罢了。"

"那就好，其实我无所谓，若有必要，我会付他精神损失费的。"

"你是认真的？"

"是。"勇太郎说道。

织子诧异地看着勇太郎。

随后，她轻轻摇了摇头。

"太傻了，别这样，勇太郎你又不是十几岁的小孩子，优秀的财务人员是不会因为别人而吃亏的。现在已经没问题了，我的事我会想办法自己解决，你就立刻收手吧！你也知道适时脱身是很重要的吧！"

织子突然硬气了起来。

"我不知道。"

"怎么可能不知道！就算是你，也总该喜欢过别人，经历过彼此从亲密无间到分手的过程啊。而我也不过是其中一段罢了。"

"我没有。"勇太郎说道，"我没有谈过恋爱。"

"没和任何人交往过？"织子凝视着勇太郎，问道。

"对，没和任何人交往过。"他回道。

他明白织子提问的用意，但他无法对事实加以掩饰。

织子不再说话，她也不知道该怎么回答，只是慌了手脚；而勇太郎的双颊像着了火般发烫，可接着这种感觉又消失了。

随后，织子怯怯地伸出手。

她搂着勇太郎的脖子，慢慢抱住了他。

勇太郎也回抱了她，夜晚的路上看不到人影。刚开始，他还小心翼翼的，而过了会儿，他就闭上眼睛，深深地嗅着织子身上的清香。

两人拥抱在一起，只一会儿便仿佛已经经历了天长地久。

"勇太郎，我们走吧。"

然后，他听见织子这么提议道。

"去哪里？"勇太郎问。

织子松开手，把头靠在他的肩上，撒了会儿娇，接着抓起他的手腕，边向前走，边装作开玩笑似的说："是呀，去哪儿好呢——我想去那些外资开设的豪华高奢酒店，但是登记入住好麻烦哦，还是叫个出租车去我们最早看到的情侣酒店好了。随便写一个夸张的傻名字，就像初恋的情侣一样。"

"外资开设的豪华高奢酒店挺不错啊。"勇太郎沉声说道。

"是呀。"

织子很快就同意了，然后露出了微笑。

回到大马路之前，勇太郎再一次抱住了织子。

织子没有挣脱，直接闭上了眼睛。在双唇相触前，勇太郎看到铃兰花散落下来，缓缓地掉向地上。

尾声　一如既往

森若小姐

真夕打招呼说要去一下邮局，便离开了财务室。等她走后，沙名子缓缓打开在公司内使用的小包，取出了一只U盘。

今天的公司也跟平时别无二致，新发田部长和勇太郎在开会，美华去秘书科问点事情，财务室里只有沙名子一人。

她在新宿偶然拍到了一段视频，内容是自己未曾交谈过的一对男女接吻的情景。她把这段视频从手机里移出来，存进了这只U盘中。

视频中的男女其实是皆濑知也（宣传科员工皆濑织子的丈夫)和他的外遇对象。

她记得知也的长相，所以一看到他就条件反射般地开始拍摄了。

她或许该把这份视频发给织子，但这种做法也可能招致对方的怨恨，因此她十分踌躇。同时，她既下不了决心一删了之，又不想把这种东西留在自己的手机里，结果就买了一只可以接在手机上的U盘，把视频移入其中。

此外，她也不想把这种东西留在家里或自己的办公桌一带，而保险箱上倒有个部门公用的抽屉柜，专放一些后勤储备，快递单和橡皮章也在里头，所以诸如零散的螺丝、金属片、尺寸不合适的书钉、几乎用不着的墨水等物品就一股脑全塞在最底部的那层抽屉里了。

沙名子把U盘装入信封并用胶带封了口，随后把整个信封都偷偷放了进去。

——好，全都搞定。

沙名子终于满意了。这件事已经从她的"任务清单"上消失——虽然目前还残留在"垃圾箱"内，不过她很快就能彻底忘怀。要是织子陷入烦恼，她就把这个视频交出去，而如果对方不需要，那等哪天想起来了就扔掉它。哪怕有别人看了这个视频，也不认识里面拍的到底是谁，到时候若是被看的人扔了亦无可厚非。

"我要申请报销。"

心满意足的沙名子刚准备继续工作，总务部的平松由香利就进来了。

"这是新员工礼仪培训课程的费用，找的不是去年那家公司，麻烦你处理一下。"

"是我们原本合作的那家公司，对吧？报销OK。"

沙名子说道。由香利在文书类的工作上几乎从不出错，因此她"核查"时只需走个形式即可。

"森若小姐，你今年去赏花了吗？"

由香利离开之前似乎突然想起了什么似的开了口，她最近好像比原先要健谈。

从财务室的窗户看出去，可以看到稍远处有一座公园，里头栽着樱花树。现在花期已过，树枝上抽起了叶芽。

"啊？我……我去了。樱花开得很美呀。"

"是吗？我前些日子也去了，樱花看起来怪吓人的，可真好啊。"

——觉得樱花"怪吓人的，可真好"？这种观感相当少见啊。

由香利走了，而美华则回来了，两人这一前一后简直就像交接似的。

她心情不好，每每从秘书办公室回来她都是这副样子。

"美华小姐，有本小姐那边怎么样？"沙名子问道。

"没露出狐狸尾巴呢。哪怕撒个显而易见的谎也好啊，只要回答我就行了，可她却发着火，装成被害者蒙混过关，我都没法和她继续对话了。"

美华一边嘀嘀咕咕，一边把文件放回办公桌上。

秘书科的女秘书在报销申请上有漏洞，她正在追究。

她是那种用理论去压制对方的人，如果对方也用理论武装自身，她无论如何都能对付，但她却很不擅长面对那些情绪化、不讲理的人。

"直接问总务部的新岛部长呢？"

"问过了，他还训了我。不能提那家店真是太麻烦了。事情既然到了这一步，我只能装成陪酒女去那家俱乐部做卧底。"

"别，你别这样。"

"为什么不能？我已经读了成为陪酒女的指南书籍，技巧方面好像也不是特别难。"

"这个嘛……因为你的性格放在那里，大概做不到的。"

就在美华生气反驳之前，策划科的中岛希梨香大声嚷嚷着进了财务室。

"所以说——为什么不行呢？"

她身旁还有销售部销售科的山崎柊一，两人大概是碰巧遇上的。虽然属于不同科室，不过他俩交际都很广，所以关系还不错。

"既然已经在KANNA小姐身上体现出了宣传效果，那么我们再找其他粉丝多的网红宣传一下不好吗？反正又不花钱，锁定他们本人所在的位置然后'突然袭击'一下怎么样？"

"嗯，毕竟世上存在所谓的'匹配度'嘛。我们在和具有影响力的人打交道时，自身也会受到影响，所以必须要有能够招架的技巧。虽然中岛小姐你应该没问题。"

"你是指沟通能力吗？山崎哥，我真搞不懂你欸，你到底是随便想想的还是认真考虑的？"

"怎么会是随便想想的呢。森若小姐，我要申请报销。"

"中岛小姐，请到这边来，你的报销由我来处理。"美华对希梨香说道。

希梨香讨厌美华，不悦之情溢于言表，但沙名子和山崎都装不知道，她只能不情不愿地把报销单交给美华，美华则淡定地处理着她的申请。她晚些时候肯定会去更衣室说美华的坏话。

提交申请之后，他俩走出了财务室。沙名子面向电脑屏幕继续工作，这时新发田部长拿着文件，和勇太郎一起回来了。

"阿勇，销售部长说你的计划做得太紧了。"新发田部长对勇太郎说道。

"总比宽松好吧？"勇太郎边思考边缓缓回话，"降低制造设备的预算会影响到产品的品质。我可以重新做一套新方案，但是希望能把时间放宽到完成部分决算的时候。不过——如果现在就需要重做计划，那也能立刻做出来就是了。"

"明白了，我会去和他们说的。"

新发田部长回到自己的办公桌，勇太郎则把文件一放，人还站着便开始翻页。

就在他启动电脑时，宣传科的皆濑织子来了。

"我要报销出差费用，田仓先生，能麻烦你一下吗？"

"麻吹小姐，请你处理吧。"

勇太郎看着文件，头都不抬一下。

遭到拒绝的织子瞬间板起了脸，不过很快又走向了美华的办公桌。

"抱歉，回来晚了，我买了咖啡！"

真夕走进财务室，手里提着一只便利店的袋子，尺寸比平时拿的那种更大。

真夕把塑料袋放在桌上，从中取出一堆纸杯。

"我去便利店买咖啡和润唇膏，抽奖抽中了五杯咖啡。兑奖好像是过期不候的，所以我就当场兑了，大家请用吧——"

"谢谢，幸好我还没泡红茶。"

沙名子说道。美华本来还有些犹豫，不过她似乎也正想喝咖啡，便伸出了手。

"真夕，我也要一杯。"

"请喝请喝，勇哥要吗？"

"好。"

勇太郎回答得很冷淡，不过他一直都是这个样子，真夕早就习惯了。

"织子姐你也来一杯吗？我这还有呢。"

"我就不用啦，之后得出去谈事情。"

织子说道。真夕曾在宣传科待过，所以和织子关系很好。

"难怪了，我就觉得织子姐你今天好漂亮！"

"真是的，你的意思是我平时不漂亮吗？"

"比平时还漂亮！"

她俩都笑了。织子今天穿着白衬衫，领子很大，还佩戴着金色的耳环与项链。不久前她看起来还精神欠佳，但现在已经重新散发出飒爽的气质。

"上供品喽。"

织子离开后，真夕自言自语着把咖啡送到勇太郎和新发田部长桌上。

咖啡共有六杯，真夕将剩下的一杯放在小冰箱上，正心想着这杯不知会被谁喝到，只见又一个销售人员冲进了财务室。

"打扰啦——麻烦你们办一下报销！咦？好香啊！"

沙名子吓了一跳，停下了手里的工作。

——这人怎么在这种时候跑来啊？时间点总是踩得这么好。

"我就有预感，最后一杯果然是太阳哥的。"

真夕愣愣地说道，并把咖啡递给太阳。

勇太郎站在窗边，端着咖啡向外眺望。

他集中精神的时间段似乎已经过去了，正等着财务室一角的打印机吐出文件。沙名子站了起来，对他说道："勇哥，能麻烦你检查一下销售部的文件吗？"

"已经汇总好了？"

"是的。"

"给我吧，今天我会看完的。"沙名子去拿文件了，勇太郎慢悠悠地喝着咖啡说道，"春天来了。不对，应该说春天终于来了。以后会怎样还不好预测啊。"

"是呀。"

沙名子答道，勇太郎有时是会变得如此诗情画意。

她隐约知道勇太郎这阵子都在做全新的收支计划详情表，而且似乎并没有听从那群顽固的管理层的意见。是这件事对他产生了影响吗？

而他这句"不好预测"所指的也可能是和有夫之妇织子的恋情。沙名子几乎就要告诉他说自己手里有织子丈夫出轨的视频，但她的本意并不是想掺和其中，只是祈祷着，希望这件事不要暴露。

光是她自己的事就已经占去了她全部的精力。太阳最近对她真是太过亲昵了，而她自己亦是如此对他的。她从未预料到会有这样一天，往后的发展也无法预测。自己今年已经二十八岁了，这个年纪在她脑海中一闪而过，但她不愿再去思考，于是便把这些想法都摁下了。

"未来就像椭圆形的橄榄球。如果只有自己一个人，怎么都会有办法的，可别人却不会明白。"勇太郎低声喃喃道。

"正是如此，而且社会上总会有他人存在。"

沙名子说道。勇太郎看着她，神情中透出疲惫，但目光依然稳健。

"不，这种想法是不对的。虽然不能对别人期待过高，但人际关系之所以能成立，就是因为有'最低程度上的共识'和'自己和他人都抱有理智'这两项前提。"美华插嘴道。她把文件递给勇太郎。

"勇哥，我也想麻烦你检查一下文件。"

"请放在我桌上。"他淡漠地答道。

美华的眉毛跳了一下。因为勇太郎把她放在和真夕同等的位置，却更加看得起沙名子。其实她才刚进公司，这种情况也是正常，但她似乎很不满。

"也有些事在我看来是正确的，然而对方却并不这么想。这种时候该怎么办呢？"

真夕一手拿着咖啡，也加入了对话。她和决算工作关系不大，不过决算期的杂务很多，这令她非常忙碌。此刻看到三名同事在聊天，她大概也想来喘口气。

"没这种事。"

"可母老虎小姐你就会直接吃肉桂棒啊……"

"你说什么？"

"行啦行啦，你们看今天天气这么好，樱花也漂亮。"

新发田部长突然开口，把沙名子吓了一跳。

部长的位置背对着窗户，即是说——他其实一直就在近处，但大家都完全没有注意到他的存在，因此有种凭空出现人声的错觉。

另三人似乎也是如此，都意外地看向新发田部长。

"樱花都谢了，开始长叶子了。我们部门偶尔也该一起去赏个花啊。"

新发田说道，不知到底有没有意识到大家的反应。

沙名子皱起了眉头，心想现在是一年中最忙碌的时期，而这位部长说的是什么话。况且讲到底，大家什么时候去呢？晚上吗？那么会算加班费吗？

勇太郎大概也是同样的想法，于是默不作声。真夕有点怯怯的，打量着各人的神色。

"为什么要去赏花？"美华问道。

"哎，我就是这么想想……"

新发田部长嘟哝着什么"随便赏个花也不错嘛"，随后再次隐去存在感。

沙名子结束了短暂的休息，重新开始工作。勇太郎走向打印机，美华和真夕回到了自己的座位上。

"天天股份有限公司财务部真和平啊……"

坐下之前，真夕喝着咖啡，自言自语般说道。

确实像她所说，偶尔有这样的日子也不错。

天天股份有限公司的财务部很和平。至少——今天如是。

大家好，我是青木。

很久没有写后记了，本书是一本短篇故事集，围绕着《这个不可以报销！》系列前四卷的配角们展开，因此我想复述一下之前的故事概要，同时加入一些自己的解说。

这些短篇故事都是各自独立成篇的，所以忘记了前几卷故事的读者或者第一次阅读本系列的读者应该都能看懂，不过这篇后记也许可以为不记得这几位角色在哪里登场过的读者提供一些参考，而且本书与该系列前几卷互为"台前幕后"关系，若大家可以将它们放在一起阅读，我也会非常高兴。

本书共有五篇故事，按时间顺序从前到后排列。

系列第四卷的结尾处定格在森若小姐二十八岁的春天，第一卷则是从她二十七岁的春天开始写起，期间整个故事行进了约有一年；而本书的第一篇——即真夕的故事，时间点更早于第一卷。

佐佐木真夕 亚力山卓是我的初恋

这个故事发生在《这个不可以报销！》第一卷第一话之前约半年（也就是十月份），讲述了真夕刚从宣传科调到财务部时的往事。真夕比森若小姐晚两年进公司，也是她在财务部关系最好的同事，于是在本系列的每一卷里都登场了。她的个人小故事在第一卷的尾声篇章中亦有所体现。

真夕在尚未适应新环境时，无法发挥工作能力，还老是出现一些平常不会犯的错误。我也曾有过这种经历。但经过半年左右，她就能赶上大部队，所以我希望她本人也好、她身边的同事们也好，都能够等到她成长起来。

她能做到绝不逃避，并挨过这半年吗？我想，这种时候，如果能有些足以鼓舞她的事物，那就会过得轻松一些。

山崎柊一 彩色水晶

这一篇是销售部的王牌——山崎先生的故事。他在第二卷第三话《别在意，我请客，毕竟我拿到差旅津贴啦》中初次登场，而第三卷第二话《不要逃跑哦，绝对不要逃跑哦》中亦有亮相。

所谓的"天才销售人员"大概是切实存在的，我也遇到过一些拥有闪光点的人。真希望能采访一次特殊才能的持有者啊！

山崎先生是我很喜欢的角色，但即使写下了他的故事，他身上却依然谜团重重。

平松由香利 丧尸、谎言和魔法之笛

总务部的平松小姐是个了不起的人，尽管没有卓越的功勋，但

少了她，整个部门便无法运作。她清楚大大小小各种事宜，又很少出错，是位深受公司信赖的女性行政人员。这就是平松由香利其人。

由香利正式登场是在第三卷第四话《我也很为难呀！但如果你把工作交给我来做，要我借钱给你也行》，本次短篇则是那一话背后的故事。

我在写第三卷第四话的时候，已经设定好了由香利和三并爱美小姐的关系以及她自己的烦恼，不过无法通过森若小姐的视角来表现。这次能够写出来真是太好了。

中岛希梨香 就算这样，我也太男孩子气了

希梨香在销售部策划科工作，和真夕同一批进入公司，口头禅是"我太男孩子气了"，还喜欢各种小道消息。

她也是从第一卷第一话就出场了，而正儿八经有所表现则是在第三卷第二话《不要逃跑哦，绝对不要逃跑哦》中。这次的短篇就是那一话的后续发展。

可能是因为她嘴上不饶人，所以在作品中总是穿着高跟鞋。可即便如此，她还是很受欢迎，充满活力和能量。我觉得和这样自信的女孩子相处也是一桩愉快的事。

为了不让大家产生"为什么真夕会和她关系那么好"的疑惑，我必须把她塑造成一个如同范本般的好姑娘，要使读者们都能感受到她的魅力，从而接受她。

田仓勇太郎 三十八岁的地图

田仓勇太郎和森若小姐在同一个部门，比她年长十岁，是一位稳健可靠的财务人员。他台词很少，但不知为何很有人气。

勇太郎的主场是第二卷第四话《这个真的不可以报销》，而这次的短篇故事亦可说是那一话的续集。而从第四卷第二话《亲手做的也OK》起，也能零星看到宣传科的皆濑织子的种种。

我个人有一个想法，那就是——无关性别与经历，人们在三十岁后半段时是否都存在一些相似的焦虑呢？比如大家都会放弃一些应该放弃的事物，都不得不处理一些尚未完成的事物。我想把这些都写下来，或许能给好奇勇太郎为何会做出这些行为的读者们一个答案。

写完这篇之后，我觉得让织子小姐做一回主角也不错，要是下次有机会我就打算这么干了。

综上，若是大家能把这些故事作为阅读参考，我就觉得很幸福了。

这次还有一件值得一写的事，那就是我找地下乐队的粉丝们收集了一些素材。

此外，我也去看了演唱会。在池袋的咖啡店里插着耳机，听着各种乐队的作品，一边想象，一边作词，写出了"坠落即是飞翔啊，宝贝"这样的词。同时，我还觉得自己写不出厉害的歌词真是对不起亚力山卓了。

我估计CAROLINE差不多就是这个级别的乐队，在此必须感谢认真为我思考着其他可能性的S氏及其友人，还有帮助我完成采访的各位人士。

最后——森若小姐的故事在集英社漫画杂志《COOKIE》上开始连载了！

负责绘画的是mori kosachi老师，她笔下的太阳好帅啊！漫画作品会在画面上展现出信息，所以和小说给人的感觉不同。森若小姐和真夕都很可爱，我也非常喜欢。单行本已经发售了，还望大家都能一阅。

森若小姐的故事仍会继续下去，只要有机会，我还想用其他角色的视角再写一本书。本来这个系列就是从公司一员（森若小姐）的角度展开的，我特别喜欢写这样的故事呢。

就先写到这里吧，各位再会！

青木祐子

北京市版权局著作合同登记号：图字 01-2021-4489

图书在版编目（CIP）数据

这个不可以报销.5,森若小姐,你就准了我的报销
吧/(日)青木祐子著；邢利颉译.--北京：台海出
版社,2021.10
ISBN 978-7-5168-3097-0

Ⅰ.①这… Ⅱ.①青…②邢… Ⅲ.①长篇小说－日
本－现代 Ⅳ.① I313.45

中国版本图书馆 CIP 数据核字 (2021) 第 165407 号

这个不可以报销.5 森若小姐，你就准了我的报销吧

著　　者：[日]青木祐子	译　　者：邢利颉

出 版 人：蔡　旭	封面绘制：uki
责任编辑：员晓博	封面设计：MF·智梦

出版发行：台海出版社

地　　址：北京市东城区景山东街 20 号　　邮政编码：100009

电　　话：010-64041652（发行、邮购）

传　　真：010-84045799（总编室）

网　　址：www.taimeng.org.cn/thcbs/default.htm

E－mail：thcbs@126.com

经　　销：全国各地新华书店

印　　刷：三河市嘉科万达彩色印刷有限公司

本书如有破损、缺页、装订错误，请与本社联系调换

开　　本：880 毫米 ×1230 毫米		1/32	
字　　数：159 千字		印　　张：7	
版　　次：2021 年 10 月第 1 版		印　　次：2021 年 11 月第 1 次印刷	
书　　号：ISBN 978-7-5168-3097-0			

定　　价：48.00 元